悪謀

強請屋《ゆすりや》稼業

南 英男

祥伝社文庫

目次

強請屋稼業《ゆすりやかぎょう》シリーズのおもな登場人物

見城《けんじょう》　豪《すぐる》……………渋谷《しぶや》に事務所を構える私立探偵。8年半前まで警視庁赤《あか》坂《さか》警察署の刑事で、刑事課と防犯（現・生活安全）課に所属していた。38歳。

帆足里沙《ほあしりさ》……………パーティー・コンパニオン。見城の恋人。27歳。

百面鬼竜一《どうめききりゆういち》…………警視庁新宿《しんじゅく》警察署刑事課強行犯係の刑事。見城の友人。42歳。

松丸勇介《まつまるゆうすけ》……………フリーの盗聴防止コンサルタント。見城の友人。30歳。

唐津《からつ》　誠《まこと》……………毎朝日報《まいちょうにっぽう》社会部記者。見城とは刑事時代から知り合い。元エリート記者だが、離婚を機に遊軍を志願。44歳。

プロローグ

尾行されていた。

気のせいではない。間違いなかった。

馬場秀人《ばばひでと》は悪い予感を覚えた。四十八歳の彼は、遣り手《やて》の弁護士だった。それだけに、敵も多かった。仮出所した誰かに狙《ねら》われているのだろうか。

馬場はさりげなく振り返った。

尾行者は剃髪頭《スキンヘッド》の男だった。割に上背《うわぜい》があり、肩幅が広い。体つきから察して、三十代の後半だろう。

男は黒っぽいロングコートを背広の上に羽織《はお》っていた。薄茶のサングラスをかけている。

どこかで会った記憶がある。しかし、男の名はすぐには思い出せなかった。

新宿《しんじゅく》の区役所通りだ。

一九九八年二月上旬のある深夜だった。午前零《れい》時近かった。

寒気が鋭い。吐く息は、たちまち綿菓子のように白く固まる。それでも舗道《ほどう》には、酔った男たちの姿がそこかしこに見られた。

馬場は大手商社の接待を受けた後《あと》、ひとりで歌舞伎町《かぶきちょう》の裏通りにある小料理屋で飲み直した。その店を出たとき、暗がりに頭をつるつるに剃《そ》り上げたロングコートの男がたたずんでいたのだ。

右手前方に新宿区役所が見えてきた。

馬場は少し先の靖国《やすくに》通りでタクシーを拾い、杉並《すぎなみ》区内にある自宅に帰るつもりでいた。しかし、すぐに空車を拾えるかどうかわからない。タクシーを待っている間に、怪しい男が襲いかかってくるのではないか。

そう考えたとたん、馬場は怯《おび》えに取り憑《つ》かれた。にわかに落ち着きを失った。一刻も早く尾行を撒《ま》きたくなった。

馬場は、左手にある新宿ゴールデン街に逃げ込んだ。

ビルの谷間の飲食街である。かつての青線地帯で、小さな酒場が軒《のき》を連《つら》ねている。

だが、およそ三分の一の店は営業していない。好景気で世の中が沸《わ》いていたころに地上げされた店は封鎖されたままだった。

馬場は三十代の半《なか》ばまで、ゴールデン街で夜ごと安酒を呷《あお》っていた。その当時の彼は、金にならない刑事事件ばかりを好んで手がけていた。人権派弁護士を志《こころざ》していたからだ。

社会の歪《ゆが》みと真っ正面に向かい合う仕事は充実感があった。法律家としての評価も高かった。

しかし、経済的には恵まれなかった。妻のパート収入がなければ、とても暮らせない状態が長くつづいた。

結婚七年目に授《さず》かった長女の心臓には、先天的な欠陥があった。病名は拡張型心筋症だ。その手術費用は一億円以上も必要だった。

馬場は自分の運命を呪《のろ》った。といって、わが子を見殺しにはできない。

悩んだ末に、生き方を変えることにした。青臭《あおくさ》い正義感を捨て、割のいい民事訴訟の弁護だけを引き受けるようになった。一般の弁護士たちが避けたがる企業舎弟《しやてい》や裏事件師たちの弁護も厭《いと》わなかった。成功報酬に魅《み》せられたからだ。

弁護士は裁判に勝って初めて株が上がる。

馬場は時には真実から目を逸《そ》らし、黒いものを白くもした。灰色にすることは、日常茶飯事だった。依頼人たちに喜ばれ、収入は飛躍的に増えた。おかげで、娘はアメリカの大病院で心臓の手術を受けることができた。いまは健康そのものだ。

狭い賃貸マンションから、豪邸に移り住むこともできた。昔の弁護士仲間たちからは堕《だ》落《らく》したと軽蔑《けいべつ》されているが、馬場はいまの快適な生活を捨てる気にはなれなかった。豊かでないころは、贅沢《ぜいたく》は一種の罪悪だと考えていた。しかし、豊かな生活は天国だった。貧しい暮らしに逆戻りしたくなかった。

急に背後の足音が高くなった。

ふたたび馬場は後ろを振り返った。柄《がら》の悪い尾行者は急ぎ足になっていた。歩《ほ》を進めるたびに不審者のコートの裾《すそ》が大きく翻《ひるがえ》る。いまにも駆け足になりそうな気配がうかがえた。

馬場は本能的に走りだした。

カシミヤコートは軽かったが、やはり走りにくい。できたら、コートを脱ぎたかった。だが、そんな余裕はなかった。

サングラスの男はすぐに追ってきた。

見かけに反して、足が速《はや》い。見る間に、距離が縮まる。馬場は焦《あせ》った。

若い時分によく飲んだカウンターバーが何軒かあった。そうした店に逃げ込めば、昔馴《な》染《じ》みが庇《かば》ってくれるだろう。

しかし、不様《ぶざま》な真似《まね》はしたくなかった。いまや大企業の顧問弁護士も務めている自分が、そうしたみっともないことはできない。馬場は怯《おび》えながら、ゴールデン街の路地を野良猫のように逃げ回った。息が切れると、暗がりに身を潜《ひそ》めた。

何度か追っ手の姿は見えなくなった。

そのつど、馬場は安堵《あんど》した。だが、正体不明の尾行者はきわめて勘《かん》が鋭かった。じっと息を殺していても、そのうち必ず隠れ場所を嗅《か》ぎ当てた。

やがて、馬場はゴールデン街の裏手に回った。煤《すす》けたラブホテルの建ち並ぶ路地を走り抜け、花園《はなぞの》神社の境内《けいだい》に走り入った。寒い季節でも、たいていカップルが一組や二組はいるものだ。今夜はあいにく人影は見当たらない。

馬場は境内に入り込んでしまったことを悔《く》やんだ。

だが、後の祭だった。馬場は本殿を回り込み、社務所に救いを求める気になった。社《やしろ》に背を向けたとき、近くの植え込みの小枝が揺れた。ぬっと現われたのは剃髪頭《スキンヘッド》の男だった。

「ひっ」

馬場は、その場に立ち竦《すく》んだ。

尾行者が、にたりと笑った。星明かりが男の顔を淡く照らしている。

「おっ、きみは新宿署の刑事じゃないか」

「記憶力は悪くねえな」

「はっきり思い出したぞ。確か名前は、百面鬼《どうめき》竜一《りゅういち》だ。そうだね？」

馬場は確かめた。

「そうだよ」

「なぜ、わたしを尾《つ》けたんだっ」

「てめえを殺《や》るためさ」

「なんだって⁉　そうか、例の首領《ドン》の判決に不満なんだな。彼を逮捕《パク》ったのは、きみだったからね」

「てめえは屑野郎《くずやろう》だ。銭《ぜに》になりゃ、平気で大悪党も庇《かば》いやがる」

サングラスをかけた男が言いながら、両手に黒革《くろかわ》の手袋を嵌《は》めた。

「きみだって、まともな刑事とは言えないんじゃないのか。悪い噂《うわさ》をいろいろ聞いてるぞ」

「そうかい。けど、てめえほど腐《くさ》っちゃいねえぜ」

「本気で、わたしを殺す気なのか⁉」

「もちろん、本気だ」

「頭を冷やしたまえ。わたしを殺したら、人生が台なしになるよ」

「それがどうしたってんだっ」

「とにかく、少し冷静になってくれないか」

「うるせえ！　念仏《ねんぶつ》を唱《とな》えな」

「ま、待ってくれ。きみ、落ち着けよ」

馬場は後ずさった。

数メートル退《さ》がったとき、小石に足を取られた。不覚にも馬場は尻餅《しりもち》をついてしまった。

そのとき、サングラスの男が腰の後ろから短い柄《え》の付いた手斧《ておの》を引き抜いた。小ぶりのインディアン・トマホークだった。

「や、やめろ！　やめてくれーっ」

馬場は片手を前に大きく突き出し、尻《しり》を使って後ろに退がった。

男が無造作《むぞうさ》にインディアン・トマホークを高く振り翳《かざ》した。馬場は竦み上がり、動けなくなった。舌が縺《もつ》れ、声も発せられない。

「くたばれ！」

男が前に踏み込んできた。

トマホークが振り下ろされた。風切り音は高かった。
手斧は馬場の頭に深々と埋まった。骨が砕《くだ》け、血がしぶいた。
馬場はトマホークを頭に飾ったまま、横倒しに転がった。すでに息絶えていた。

翌朝の五時ごろ、プロボクサーをめざしている二十代の男がジョギング中に馬場の死体を発見した。
頭部は無残に割れ、顔面は血みどろだった。死体のかたわらには、運転免許証が落ちていた。それは被害者の物ではなかった。

第一章　卑劣《ひれつ》な罠《わな》

1

凄《すさ》まじい鼾《いびき》だった。

事務フロアを兼ねたリビングのサッシ戸が震えそうだ。とても寝ていられない。

見城豪《けんじょうすぐる》はベッドに浅く腰かけ、ロングピースに火を点《つ》けた。

自宅マンションの寝室だ。間取りは1LDKである。オフィスでもあった。借りている『渋谷《しぶや》レジデンス』は、JR渋谷駅の近くにある。

事務フロアの長椅子《ながいす》で高鼾をかいているのは、四つ年上の友人だった。百面鬼竜一という名で、新宿署刑事課強行犯《きょうこうはん》係の刑事である。四十二歳。

百面鬼が遊びにきたのは前夜の十時過ぎだった。

見城は明け方近くまで百面鬼とポーカーに興じ、そのあと酒を酌《く》み交わした。仮眠をとることになったのは正午過ぎだった。

百面鬼は長椅子に横たわると、じきに眠りに入った。しかし、見城は容易に寝つけなかった。ようやく寝入ると、今度は友人の寝言と鼾に安眠を妨《さまた》げられてしまったのだ。

見城は喫《す》いさしの煙草《たばこ》のフィルターを軽く嚙《か》み、ナイトテーブルの上に目を落とした。

腕時計は午後四時三十二分を指《さ》していた。コルムだった。安くない腕時計だ。

見城は私立探偵である。三十八歳だが、まだ独身だった。今年の五月で、満三十九歳になる。

自宅を兼ねた探偵事務所は、渋谷区桜丘町《さくらがおかちょう》にある。『東京リサーチサービス』などという大層な社名を掲《かか》げているが、調査員も女性事務員も雇《やと》っていない。

まったくの個人営業だった。自分だけで、すべての調査をこなしている。

といっても、守備範囲はそれほど広くない。ふだんは、もっぱら浮気調査を手がけていた。それでも時々、失踪人《しっそうにん》捜しや脅迫者の割り出しを頼まれる。そういう依頼があると、見城はいつも活気づく。昔の血が騒ぐのだ。

見城は八年半ほど前まで、赤坂《あかさか》署の刑事だった。

刑事課、防犯（現・生活安全）課と渡り歩き、在職中にある暴力団の組長夫人と恋仲になった。ある夜、妻の浮気に気づいた組長が日本刀で見城に斬《き》りかかってきた。揉《も》み合っているうちに、刀の切っ先は組長の腹部を貫《つらぬ》いていた。その傷害事件は不起訴になったが、見城は職場には居づらくなった。依願退職したときの職階は警部補だった。

見城は大手調査会社に再就職し、およそ六年半前に独立したのである。

依頼件数は、あまり多くない。多い月で五、六件だ。ごくたまにだが、月に一件ということもある。本業の収入は不安定だったが、見城はそこそこの生活をしていた。彼は単なる冴《さ》えない探偵ではなかった。その素顔は凄腕《すごうで》の強請屋《ゆすりや》だった。

本業の調査を進めていくと、思いがけない悪事やスキャンダルが透《す》けてくることがある。そんな場合、見城は陰謀の首謀者や醜聞《スキャンダル》の主《ぬし》から非情に巨額を脅《おど》し取っていた。

別段、義賊を気取っているわけではなかった。見城は、権力や財力を持つ傲慢《ごうまん》な人間たちを嬲《なぶ》ることを愉《たの》しんでいた。

実際、成功者や大物たちを情け容赦《ようしゃ》なく痛めつける快感は深い。尊大な男たちが涙声で命乞《ご》いをする姿を目にすると、下剋上《げこくじょう》の歓《よろこ》びを味わえる。

むろん、数千万円、数億円といった口止め料をたやすく手にできることも嬉《うれ》しい。金は、いくらあっても邪魔にはならないものだ。

見城には、もう一つ裏の顔があった。

情事代行業である。見城は、夫や恋人に裏切られた女たちをベッドで慰《なぐさ》めていた。

報酬は一晩十万円だった。女好きの見城は、性の技巧《ぎこう》に長《た》けている。最低三度は、ベッドパートナーを極《きわ》みに押し上げてやる。料金のことで、客にクレームをつけられたことは一度もない。

もともと見城は、女たちに好かれるタイプだった。歌舞伎《かぶき》役者を想《おも》わせる切れ長の目は涼しく、鼻も高い。

体型もすっきりしている。身長百七十八センチ、体重七十六キロだ。筋肉質で、贅肉《ぜいにく》は数ミリも付いていない。面差《おもざ》しは優男《やさおとこ》そのものだが、性格はきわめて男っぽかった。

腕っぷしも強い。

実戦《フルコンタクト》空手三段、剣道二段だ。柔道の心得《こころえ》もあった。射撃術も、まだ衰えていない。

きょうも、本業の依頼人は訪れそうもない気がする。

見城は短くなった煙草《たばこ》の火を消し、左手首にコルムを嵌《は》めた。

そのとき、居間で百面鬼の私物の携帯電話が鳴った。着信音はなかなか鳴り熄《や》まない。

見城は腰を上げ、事務フロア兼居間に移った。

百面鬼は柄の毛布を引っ被《かぶ》って、依然として眠りこけている。見城はコーヒーテーブルに歩み寄り、卓上の携帯電話を摑《つか》み上げた。携帯電話を百面鬼の耳に押し当てる。

百面鬼が跳《は》ね起きた。弾《はず》みで、長椅子が軋《きし》んだ。

「なんでえ、びっくりさせんなよ」

「電話がかかってきたんだ」

見城は携帯電話を百面鬼に渡した。

百面鬼が携帯電話を耳に当てる。トレードマークのサングラスは、コーヒーテーブルの上にあった。長椅子の背凭《せもた》れには、コートと上着が掛かっている。

見城はダイニングキッチンに足を向けた。

シンクには、汚れたオードブル皿やグラスが重ねてあった。見城は手早く洗いものを済ませ、コーヒーを淹《い》れる準備に取りかかった。

「どこにいるって？　そんなこと、どうでもいいだろうが。きょうは非番ってことにしといてくれ」

百面鬼が電話の相手に怒鳴《どな》って、通話終了ボタンを押した。

「署からの電話だったようだね？」

「ああ。若い奴が、おれがどこにいるのかって問い合わせてきやがったんだ。すっとぼけた野郎だぜ」

「寝起きが悪いな。いま、コーヒー淹れるよ」

な」

「百《どう》さんの神経が図太すぎるんだよ。普通は他人《ひと》んちじゃ、高鼾なんかかけないと思うが
「で、寝つかれなかったわけか。そっちは案外、神経質だからな」

「百《どう》さんの鼾が、おれのベッドまで響いてきたんで……」

「ありがてえ。見城ちゃん、寝なかったのか？」


見城は明るく厭味《いやみ》を言った。

百面鬼が曖昧《あいまい》に笑って、サングラスで目許《めもと》を覆《おお》った。それから彼は、茶色い葉煙草《シガリロ》をくわえた。百面鬼は警部補だが、ただの平刑事にすぎない。

出世できないのは、札《ふだ》つきの悪徳警官だからだ。

百面鬼は寺の跡継《あとつ》ぎ息子でありながら、仏性《ぶっしょう》や道徳心はひと欠片《かけら》もない。防犯（現・生活安全）課勤務時代から平気で暴力団から金品を脅し取り、その上、押収した麻薬や銃刀をこっそり地方の犯罪組織に売り捌《さば》いていた。

刑事課に移ったのは六年前だが、ろくに仕事はしていない。歌舞伎町の暴力団の組事務所や風俗店をせっせと回り、金と女を貢《みつ》がせていた。歌舞伎町のソープ嬢や風俗嬢とは、ほとんど只《ただ》で寝ている。

そんな悪事を重ねていても、百面鬼はなんの咎《とが》めも受けない。職場では、それこそ傍《ぼう》

若無人《じゃくぶじん》に振る舞っていた。

いわば、百面鬼は鼻抓《はなつま》み者だった。彼とコンビを組みたがる刑事は、ひとりもいなかった。署内では完全に孤立していたが、当の本人はまったく気に病んでいない。それどころか、職場で浮くことを愉《たの》しんでいる様子さえうかがえた。

百面鬼は、本庁の警察官僚《キャリア》や各所轄署の署長たちの不正の事実や私的な弱みを握っていた。

法の番人である警察にも不正ははびこっている。大物の政治家や財界人に泣きつかれて、捜査に手心を加えるケースはよくある。交通事故や傷害事件の揉み消しなどは少しも珍しくない。

遊興費欲しさに家宅捜索の日時をこっそり被疑者に教えて、逃亡の手助けをするベテラン刑事もいる。広域暴力団のフロント企業の相談役を務めている捜査員すらいた。暴力団幹部が愛人に経営させている高級クラブや違法カジノで接待を受けた上に、車代まで貰《もら》う者はひとりや二人ではない。

百面鬼は必要に応じて、本庁の幹部から平刑事まで脅していた。しかし、悪徳警察官・職員のチェックをしている警視庁警務部人事一課監察も、極悪刑事には手を出せなかった。警察庁の主席監察官も同じだ。百面鬼を内部告発したら、警察全体の腐敗ぶりが露呈《ろてい》してしまう。それを恐れているわけだ。

やくざ刑事には、友人らしい友人もいない。

ただ、なぜだか見城には気を許している。もう十三年近くの腐れ縁だ。

二人とも射撃術は上級だった。揃《そろ》ってオリンピック出場選手の候補になったことで、親しくなったのである。百面鬼は強請の相棒でもあった。

コーヒーが沸《わ》いた。

見城は二つのマグカップを持って、ソファセットに歩み寄った。

LDKは十五畳のスペースだった。居間兼事務フロアとダイニングキッチンは、オフホワイトのアコーディオン・カーテンで仕切れるようになっていた。依頼人が訪れるときはカーテンでダイニングキッチンを隠す。

ソファセットを挟《はさ》む形で、スチールのデスク、キャビネット、資料棚、パソコンなどが並んでいる。机の上にある電話機が親機《おやき》で、寝室のベッドサイドテーブルには子機が置いてあった。

見城は二つのマグカップをコーヒーテーブルに置き、百面鬼と向かい合う位置に腰かけた。

「立春が過ぎたといっても、まだ寒いなあ。懐《ふところ》も寒いぜ。見城ちゃん、どっかに丸々と太った獲物はいねえのかよ？」

「また、金欠病か。例のフラワーデザイナーに入れ揚《あ》げてるんだな」

「そういうこと！　機会があったら、一度、おれの女に会わせるよ。いい女なんだよ、これがさ」

「だいぶ悪い癖《くせ》を教え込んだようだね」

「悪い癖？」

百面鬼がにやついて、マグカップを口に運んだ。彼には奇妙な性癖《せいへき》があった。ベッドパートナーの素肌に喪服《もふく》を着せないと、性的に昂《たか》まらないという。

それだけではない。着物の裾《すそ》を跳《は》ね上げて後背位で交わらなければ、決して射精しないそうだ。一種の異常性欲者なのではないか。

また、悪党刑事には離婚歴があった。

百面鬼は新妻にアブノーマルな営《いとな》みを強《し》いて、わずか数カ月で実家に逃げ帰られてしまったのだ。だいぶ昔の話である。それ以来、百面鬼は練馬《ねりま》区内の生家で年老いた両親と暮らしている。寺だ。もっとも外泊することが多く、めったに親の家には帰らない。

五つ違いの弟は結婚して、杉並《すぎなみ》区内に住んでいる。弟の幸二《こうじ》は、東京地方裁判所の裁判官だ。兄とは違って、真面目そのものだった。正義感が強く、性格も穏《おだ》やかだ。

「喪服プレイのことだよ。たっぷり仕込んだんじゃないの？」

「まあな」

「好きだな、百《どう》さんも」

「見城ちゃんほどじゃねえけどな。ところで、どうなんでえ？　どっかに咬《か》めそうな悪党はいねえのか」

「残念ながら、おいしそうな獲物はいないんだ」

「景気の回復が大幅に遅れてるんで、あまり派手なことをやる奴がいなくなってるからなあ」

「そうだね」

見城は相槌《あいづち》を打って、コーヒーを啜《すす》った。ブラックのままだった。

「里沙《りさ》ちゃんは、どうしてる？」

「元気だよ」

「そいつは結構なことだ」

百面鬼が言って、葉煙草《シガリロ》の灰を武骨《ぶこつ》な指ではたき落とした。

帆足《ほあし》里沙は見城の恋人である。二十七歳のパーティー・コンパニオンだ。

元テレビタレントだけあって、その容姿《ようし》は人目を惹《ひ》く。一緒に街を歩いていると、きまって男たちが里沙に目を向ける。

「どうするんだい？」

「えっ、何が？」

「とぼけやがって。里沙ちゃんがそっちにぞっこんなのは、わかってるよな。いい加減《かげん》に結婚してやれや」

「おれも里沙に惚《ほ》れてるが、結婚する気はないんだ」

「どうして？」

「裏ビジネスで荒稼ぎしてたら、いつどうなるかわからないじゃないか。里沙を若い未亡人にしたくないし、一生、ひとりの女を想《おも》いつづける自信がないんだよ」

「ちょっとした浮気なら、里沙ちゃんは大目に見てくれるんじゃねえのか」

「そうかもしれないが、こっちが新しい女にのめり込むかもしれないからね」

見城は言って、マグカップをコーヒーテーブルに戻した。

「けっ、色男ぶりやがって。けど、見城ちゃんが女たちにモテモテなのは素直に認めらあ。それにしても、よく女どもに言い寄られてるよな。羨《うらや》ましいぜ」

「おれは百《どう》さんと違って、アブノーマルなセックスは求めないから……」

「なんだよ、おれを変態扱いするのか」

百面鬼が笑いながら、そう言った。いつもの冗談だった。

「百《どう》さんこそ、あのフラワーデザイナーと一緒になったら？」

「もう結婚は面倒臭《くせ》えな。久乃《ひさの》とは、時々会うほうがいいよ」

「フラワーデザイナーは久乃って名だったのか」

「そう、佐竹《さたけ》久乃ってんだ。名前のイメージ通りに、楚々《そそ》とした印象を与える女だよ。でも、あっちはけっこう情熱的でな。腰の使い方が抜群なんだ。それにファックしてるときは、すっごく色っぽい表情になってな」

「百《どう》さん、もう少し品のある言い方しなよ。教養を疑われるぜ」

「おれ、教養ねえもん。大学だって、裏口入学だったしな」

「その話は、もう何回も聞いてるよ」

「そうだったっけ？　話を戻すが、ファックはファックじゃねえか。アレのことを気取った言い方する奴がいるけど、そういう連中はどうも信用できねえな」

「オーバーだな」

見城は肩を竦《すく》めた。

「いや、オーバーじゃねえよ。食欲とか性欲ってのは人間の本能なんだ。気取った言い回しをしたところで、みんな、同じことをしてるわけじゃねえか」

「まあね」

「だったら、もっとストレートに表現すべきだろうが」

百面鬼が突っかかるように言って、葉煙草《シガリロ》の火を揉み消した。

ちょうどそのとき、部屋のインターフォンが鳴った。見城は立ち上がって、事務フロアを兼ねた居間の壁掛け型の受話器を手に取った。

「新宿署の者です。こちらに、署の百面鬼がお邪魔してませんでしょうか？」

男の声が流れてきた。

「いることはいるけど。用件は？」

「本人に直接話したいことがあるんですよ。五分ほどよろしいでしょうか」

「そっちの名前は？」

「広瀬《ひろせ》といいます。同僚の水谷《みずたに》と一緒だと百面鬼に伝えていただけますか」

「そうしよう」

見城は受話器の送話口を手で塞《ふさ》ぎ、百面鬼に来訪者のことを話した。

「あいつら、こんな所まで何しに来やがったんだろう？」

「百《どう》さん、どうする？」

「そっちが迷惑じゃなかったら、広瀬たちを部屋に通してやってくれよ」

百面鬼が言った。

見城は快諾《かいだく》して、来訪者に少し待つようインターフォンを通じて告げた。すぐに玄関に急ぎ、内鍵《うちかぎ》を解《と》く。

「広瀬です」
三十五、六歳の瘦《や》せた男が名乗った。後ろに控えた水谷という刑事は、二十七、八歳だった。ずんぐりとした体型で、髪を短く刈り込んでいる。
どちらも表情が険《けわ》しかった。やくざ刑事の百面鬼は、大事な職務を忘れてしまったのかもしれない。

「百《どう》さんはこちらにいるよ」

見城は案内に立った。二人の刑事が無言で従《つ》いてくる。

居間に入ると、ちょうど百面鬼が上着を羽織《はお》り終えたところだった。黒地にグレイの縞《しま》の入ったダブルスーツだ。

「おめえら、なんなんでえ？　おれの友達《ダチ》の自宅まで押しかけてきたんだから、よっぽど大事な用なんだろうな。署長が、おれに依願退職しろとでも言いだしたのか。え？」

百面鬼は二人の同僚を交互に睨《にら》みつけた。

広瀬と水谷が困惑顔になった。

「いったい何だってんだよ。焦《じ》れってえ奴らだ」

「今朝《けさ》五時ごろ、花園神社の境内で弁護士の馬場秀人氏の死体が発見されました」

広瀬が意を決したような口調で切りだした。

「あの馬場が死んだって⁉」

「ええ。何者かにインディアン・トマホークで頭を一撃されて亡《な》くなったんですよ。さきほど司法解剖が終わったんですが、致命傷は頭部の裂傷でした。頭蓋骨《ずがいこつ》は大きく陥没してました。死因は脳挫傷《のうざしょう》で、死亡推定時刻は昨夜の十時から午前二時の間です」

「ふうん。馬場は、あこぎに稼いでやがったからな。誰かに恨《うら》まれてたんだろうよ」

「百面鬼警部補、きのうの夜はどこでどうされてました？」

水谷が口を挟んだ。

「なんでおれのアリバイを……」

「はっきり申し上げましょう。死体の近くに、あなたの運転免許証が落ちてたんですよ」

「なんだと⁉　くそっ、誰かがおれを馬場殺しの犯人に仕立てるつもりだったんだな。その免許証は十日ぐらい前になくしたんだ」

「なくされた？」

「そうだよ。おそらく美人スリに掏《す》られたんだろう。歌舞伎町一番街を歩いてたら、その女がわざとぶつかってきやがったんだ。相手がマブい女だったんで怒鳴ったりしなかったんだが、あいつが運転免許証を抜いたにちがいねえ」

「免許証の紛失届は？」

「まだ出してねえよ」

「そうですか」

「水谷、何か言いたそうな面《つら》してんな。言いたいことがあったら、はっきり言いやがれ！」

百面鬼が声を張った。

水谷は縋《すが》るような眼差《まなざ》しを広瀬に向けた。広瀬が目顔《めがお》でうなずき、百面鬼に言った。

「気分を害されるかもしれませんが、一応、きのうの晩のことを教えてもらえませんかね」

「おめえら、おれを疑ってやがるのか⁉」

「そういうわけではないんですが……」

「疑ってるから、アリバイ調べをしたいんだろうが！　そうなんだろっ」

「課長が、あなたを取り調べてみろと言ったんですよ。百面鬼さんは、馬場弁護士のことをあまり快く思ってなかったそうですね？」

「だからって、おれを犯人《ホシ》扱いしやがるのかっ。ふざけるな！　おれはきのうの午後十時過ぎから、ずっとここにいたよ」

百面鬼が怒声を張り上げた。水谷が見城に顔を向けてきた。

「百《どう》さんの話は嘘《うそ》じゃない。アリバイはこっちが証明するよ」

「あなたのほかに、そのことを証明できる方は？」

「こっちの言葉を信じてもらいたいな。おれも六年半前まで赤坂署にいたんだ、いまはしがない探偵だが」

「そのことは存じ上げてますよ。女性絡《がら》みの傷害事件を引き起こして……」

「広瀬、口を慎《つつし》め！　見城ちゃんは警部補だったんだぞ。巡査部長が偉そうな口をきくんじゃねえ」

百面鬼が叱《しか》りつけ、広瀬の胸ぐらを摑《つか》んだ。

「手を放してください。場合によっては、公務執行妨害で手錠《ワッパ》打つことになりますよ」

「上等じゃねえか。やってみな」

「く、苦しい！」

広瀬が、くぐもり声を発した。かたわらに立った水谷が狼狽《ろうばい》気味に言った。

「警部補、やめてください。大人げないですよ」

「一丁前《いっちょうまえ》のことを言うんじゃねえ」

百面鬼は逆上し、水谷に横蹴《よこげ》りを見舞った。

水谷は床に引っくり返った。百面鬼は腰を大きく捻《ひね》って、広瀬を投げ飛ばした。先に起き上がった水谷が、腰から手錠を外した。

「ガタつくな。課長がおれを疑ってるんなら、署に出向いてやらあ」

百面鬼は二人の同僚を等分《とうぶん》に見据《みす》えた。

水谷が手錠を革《かわ》ケースに収めて、きまり悪げに顔を背《そむ》けた。広瀬も身を起こした。

「百《どう》さん、そうカッカすんなよ」

「けどよ、頭にくるじゃねえか。ちょっと署に顔を出してくらあ。見城ちゃん、後《あと》でいつもの店で落ち合おうや」

百面鬼はソファの背凭《せもた》れからコートを摑み上げると、蟹股《がにまた》で玄関ホールに向かった。

広瀬と水谷が後を追った。いったい誰が百面鬼を陥《おとしい》れようとしたのだろうか。

見城は三人の後ろ姿を見ながら、推測しはじめた。

2

店のＢＧＭが変わった。

ニーナ・シモンのピアノの弾き語りがはじまった。黒人女性歌手の声には、張りがあった。見城は体を小さくスイングさせはじめた。

南青山《みなみあおやま》三丁目にある『沙羅《さら》』だった。馴染《なじ》みの酒場だ。

午後七時を回ったばかりだった。見城は飴色《あめいろ》のカウンターに向かって、バーボン・ロックを傾けていた。ウイスキーはブッカーズだった。

見城のほかに客の姿はない。

店の雰囲気は悪くなかった。インテリアは渋い色で統一されている。Ｌ字形のカウンターの背後に、ボックス席が三つあるきりだ。

常連客は三、四十代の男ばかりだった。

それも、どこか世を拗《す》ねた客が多い。銀行員や商社マンは、ひとりもいなかった。

この店にＣＤプレーヤーはない。ＢＧＭに使われているのは、すべて擦《す》り切れかけているＬＰだった。

経営者の洋画家は少し変わり者で、流行には背を向けて生きている。道楽半分で経営しているらしく、めったに店には顔を出さない。いまは亡《な》きビート詩人のアレン・ギンズバーグをこよなく愛しているという噂《うわさ》だった。若いころはヒッピーだったのかもしれない。

「何かオードブルでもいかがでしょう？」

無口な若いバーテンダーが珍しく商売っ気を出した。

「オードブルなしじゃ、商売にならないよな」

「いいえ、そういうことではないんです」

「ローストビーフとレーズンバターを貰《もら》おうか」

「ご無理をなさらなくても結構です」

「その程度のオードブルなら、自己破産宣告をしなくても済むだろう」

見城は軽口をたたいて、グラスを口に運んだ。

グラスをカウンターに戻したとき、松丸勇介《まつまるゆうすけ》が飄然《ひょうぜん》と店に入ってきた。

いつものようにラフな恰好《かっこう》だった。太編みのデザインセーターの上に、チョコレート色のレザーブルゾンを羽織《はお》っていた。黒いニット帽を被《かぶ》っている。

「今夜は早いっすね」

松丸がにこやかに言って、見城のかたわらに腰かけた。

「仕事の帰りか？」

「そうっす。世も末っすね。大学教授が奥さんは不倫してるんじゃないかって疑心暗鬼《ぎしんあんき》に陥《おちい》って、自宅に盗聴器を仕掛けてたんすから」

「去年、不倫をテーマにした映画がヒットしたからな」

「それにしたって、情けない話じゃないっすか」

「そうだな」

見城はロングピースをくわえた。

三十歳の松丸はフリーの盗聴防止コンサルタントである。要するに、盗聴器ハンターだ。私立の電機大を中退した松丸は電圧テスターや広域受信機《マルチバンド・レシーバー》を使って、仕掛けられた各種の盗聴器をたちまち見つけ出す。新商売ながら、依頼は引きも切らないらしい。コンスタントに毎月二、三百万は稼いでいるようだ。それだけ、街には盗聴器が氾濫《はんらん》しているのだろう。

見城はこれまでに幾度も松丸の手を借りてきた。そういう意味では、助手に近い存在だった。むろん、飲み友達でもある。

松丸は裏ビデオの熱心なコレクターだった。

集めたビデオは千本以上もあるという。しかし、おたく族特有の暗さはない。

ただ、女性に対して不信感を持っている。露骨な性交シーンを観《み》すぎたせいで、女体にある種の嫌悪感を抱いているのだろう。といっても、同性愛者ではない。

バーテンダーがオードブルを見城の前に置き、酒棚からオールドパーを摑み上げた。松丸のキープボトルだ。口数の少ないバーテンダーは手早くスコッチの水割りをこしらえ、松丸の前に置いた。

「よかったら、喰《く》ってくれ」

見城はオードブル皿を横にずらした。

BGMはいつからか、チコ・ハミルトンの曲に変わっていた。いくらかコミカルなサウンドだった。白人のジャズメンに重苦しい旋律《せんりつ》は似合わないと考え、わざと軽《かろ》みを強調したのだろうか。

「こないだ、古本屋でビリー・ホリデイの自叙伝を見つけたんすよ」

「松《まっ》ちゃんも、ようやくジャズのよさがわかるようになったか」

「まだ、よくわからないっすよ。でも、ビリー・ホリデイの生涯って、まさにブルースってすね。スラム街で十五の父と十三の母親の間に生まれて、十四歳で娼婦《しょうふ》になったっていうんすから」

「娼婦になったのは、十五のときだというのが事実らしいぜ。それにしても、大変な生《お》い立《た》ちだよな」

「そうっすね。でも、ビリー・ホリデイは後に偉大なジャズシンガーになった。だけど、なにか満たされないものがあったんでしょうね。結局、麻薬で身を滅《ほろぼ》すことになったわけっすから」

「ああ、そうだったんだろうな。しかし、いかにもビリー・ホリデイらしい生き方じゃないか」

「そうっすね」

松丸が水割りで喉《のど》を潤《うるお》し、『奇妙な果実《ストレンジ・フルーツ》』のフレーズをくちずさみはじめた。リンチされた後、木に吊《つる》された黒人の悲しみを唄《うた》ったブルースの名曲だ。

チコ・ハミルトンのナンバーは、セシル・テイラーのピアノに引き継《つ》がれた。

「悪徳刑事も、そのうち来るんじゃないっすか。それで、いつものように見城さんとおれの酒を勝手に……」

「実は、百《どう》さんとここで落ち合うことになってるんだよ」

「また二人で組んで、救いようのない悪人を痛めつける気なんでしょ？」

「そうじゃないんだ。実は百《どう》さん、誰かに人殺しの罪を被《かぶ》せられそうになったんだよ」

見城は声をひそめ、詳《くわ》しい話をした。

「それはひどい話っすね。でも、殺人容疑はすぐに晴れるんじゃないっすか。百《どう》さんには、アリバイがあるわけだから」

「そうなんだが、証人のおれが品行方正《ひんこうほうせい》じゃないから、まずいことに……」

「警察の連中が、見城さんの話を偽証だと受け取るかもしれない？」

「おそらく、百《どう》さんとおれが口裏を合わせたと考えるだろう」

「だとしたら、とろいっすよ。だって、死体のそばに百《どう》さんの運転免許証が落ちてたなんて、いかにも作為《さくい》的じゃないっすか」

松丸が小声で言った。

「おれも、そう思うよ。真犯人が百《どう》さんの犯行に見せかけたくて、そんな幼稚な細工をしたことは見え見えだからな」

「そうっすよ」

「しかし、おれ以外の誰かが百《どう》さんのアリバイを立証しなけりゃ、新宿署の連中は剃髪頭《スキンヘッド》の無法刑事《デカ》をマークしつづけるだろう」

見城は煙草の火を消した。

「そうなったら、百《どう》さん、うざったいだろうなあ」

「おれは百《どう》さんの疑いが晴れなかったら、馬場殺しの真犯人捜しをするつもりでいるんだ」

「何か手伝うっすよ、おれも」

松丸が言って、フォークでローストビーフを掬《すく》い上げた。

それから間もなく、常連客が五人まとまって入ってきた。近くにある広告代理店の社員たちだった。見城たちは彼らにカウンター席を譲り、ボックスシートに移った。その際《さい》、松丸はスモークド・サーモンとミックスナッツを注文した。

二人はボックスシートでグラスを重ねた。

百面鬼が憮然《ぶぜん》とした顔で店にやってきたのは九時過ぎだった。

「話は見城さんから聞いたっすよ。百《どう》さん、疑いは晴れたの？」

松丸が訊《き》いた。

「一応な。けど、ちょっと厄介《やっかい》なことになりそうなんだ」

「どういうことなの？」

「昨夜《ゆうべ》、ゴールデン街と花園神社の近くで、このおれを見たって目撃者《マルモク》が三人もいるらしいんだよ」

百面鬼が見城の隣に腰かけ、卓上のオールドパーを掴み上げた。キャップを外し、松丸のスコッチ・ウイスキーをラッパ飲みしはじめた。

「また、やられたか」

松丸が呆《あき》れ顔になった。

百面鬼は酒豪だが、この店ではいつも只酒《ただざけ》を飲んでいた。見城のキープボトルのタグには、百面鬼の名が大きく記《しる》されている。

「うめえ！」

百面鬼がボトルを口から離し、唸《うな》るように言った。

「百《どう》さん、たまには自分でボトルをキープしなさいよ」

「いい機会だから、松《まつ》に言っとこう。おめえ、その若さでスコッチなんか飲んじゃいけねえよ。もっと安いウイスキーにしろや。こいつはラッパ飲みしちまったから、おれが貰《もら》っとくぜ」

「毎回、これだもんなあ。百《どう》さんには、かなわないっすよ」

「きょうは、やけに機嫌が悪いな。松《まつ》、仕事で厭《いや》なことでもあったのか？」

「いや別に。ちょっと用を足してくるっすね」

松丸がソファから立ち上がって、トイレに向かった。

「さっきの話のつづきだが、目撃者が三人いたって？」

見城は百面鬼に確かめた。

「そうなんだよ。その話を聞いたとき、真犯人《ホンボシ》が三人の目撃者《マルモク》を買収しやがったなと思ったんだが、どうもそうじゃねえみたいなんだ。広瀬たちの話によると、その三人にはなんの繋《つな》がりもねえらしいんだよ」

「ということは、百《どう》さんそっくりの男が馬場を花園神社の境内で殺《や》ったわけか」

「だろうな。誰かがおれになりすまして、馬場の頭《ペテン》にインディアン・トマホークを叩《たた》っ込んだにちがいねえよ」

百面鬼はそう言って、手摑みでスモークド・サーモンを口の中に放り込んだ。

「百《どう》さんに似た男がそういるとも思えないが、特殊メイクで顔を似せることはできるだろうな。それから、頭をそんなふうにもできる」

「ま、そうだな。おれの体型に似た奴は、いないこともねえだろう」

「まさか凶器に百《どう》さんの指紋《モン》まで付着してたんじゃないだろうな」

「そこまでは細工できねえさ。トマホークに、おれの指紋《モン》は付着してなかったらしいよ」

「百《どう》さんを陥《おとしい》れようとした人物に誰か思い当たらない？」

見城は問いかけ、ロングピースに火を点けた。

「おれもずっとそれを考えてたんだが、すぐに思い当たる奴はいねえんだ。いろんな人間に恨まれてる自覚はあるんだけどさ」

「運転免許証は十日ぐらい前に歌舞伎町一番街で女スリに抜き取られたとか言ってたよね。どんな女だったの？」

「セクシーな美女だったよ。二十五、六だろうな。目鼻立ちがはっきりしてて、いい腰つきしてやがった」

「百《どう》さん、その女に見覚えは？」

「まったくねえな。けど、あのときに免許証を抜き取られたことは間違いねえだろう」

「その女スリの正体がわかれば、百《どう》さんを嵌《は》めようとした奴を割り出せそうだな」

「かなり年季が入ってるな、あの女。おれ、運転免許証を抜かれたことにまるで気づかなかったんだ」

「百《どう》さんの知らない顔なら、新宿以外の場所を稼ぎ場にしてるんだろうな」

「多分、そうなんだろう。けど、仕立て屋善吉《ぜんきち》なら、あの女のことを知ってるかもしれねえな。ちょっと電話してみらあ」

百面鬼は懐《ふところ》から、私物の携帯電話と手帳を取り出した。

仕立て屋善吉は、百人町《ひゃくにんちょう》の安アパートに住んでいる老スリだ。もう八十歳近い年齢だが、いまも現役である。新宿界隈《かいわい》のスリたちには〝師匠〟と崇《あが》められている人物だ。

見城は数年前に百面鬼を交《ま》じえて三人で飲んだことがある。小柄《こがら》で鶴《つる》のように痩《や》せた老人だが、眼光は鋭かった。まだ季節は初秋だったが、善吉は右手に毛糸の手袋をしていた。利き腕を冷やさないためらしい。

見城は好奇心から、善吉の右手を見せてもらった。それは、女の手のようにほっそりとしていた。百面鬼が携帯電話を耳に当てた。

そのとき、松丸がトイレから戻ってきた。

女に電話してるんすか？

彼は小指を立てながら、目顔《めがお》で見城に問いかけてきた。見城は首を横に振って、グラスを手に取った。松丸がつまらなそうな顔でソファに坐《すわ》った。

電話が繋《つな》がった。

「父《と》っつぁん、変わりねえかい？　そう、おれだよ。ちょっと教えてもらいてえことがあるんだ」

百面鬼が声を低め、女スリの特徴を喋《しゃべ》りはじめた。電話は数分で終わった。

「どうだって？」

見城は百面鬼に声をかけた。

「思い当たる女スリはいねえってさ。けど、同業の仲間が首都圏のあちこちにいるから、それとなく当たってくれるって話だったよ」

「そう。その女の正体がわかるといいな」

「そう願いてえな」

「ところで、殺された馬場弁護士と何かトラブルがあったんじゃないの？」

「去年の春、関東桜仁会《かんとうおうじんかい》の幹部を殺人未遂容疑で逮捕《パク》ったんだよ。けど、その野郎の弁護を引き受けた馬場が証人どもを抱き込んで、単なる傷害事件にしやがったんだ」

百面鬼が忌々《いまいま》しげに言って、またオールドパーをラッパ飲みした。松丸が溜息《ためいき》をついた。

「その幹部は服役中なんだね？」

「ああ、府中《ふちゅう》刑務所にいらあ。二年四カ月の実刑を喰《く》らったんだ」

「そいつが獄中から舎弟《しゃてい》分に百《どう》さんの犯行に見せかけて馬場を始末しろと頼んだとは考えられない？」

「それは、ちょっと考えられねえな。府中にいる野郎は、さんざん馬場に世話になってんだよ。去年の事件《ヤマ》のことで馬場に汚《きたね》え手を使わせたことが発覚するのは危《ヤバ》いと思うだろうが、わざわざ救いの神である馬場を消そうとは考えねえだろう」

「そうか、そうだろうね。ほかに百《どう》さんが馬場のことを苦々しく思ってたことを知ってる者は？」

「うちの署の連中、それから裁判関係者はたいてい知ってるはずだ。けど、そういう奴らの中に馬場殺しの犯人《ホシ》がいるとは思えねえな」

「これまで百《どう》さんは、いろんな人間から小遣《こづか》いをせしめてきたよな。そういう中に、百《どう》さんを陥れようとした奴がいるんじゃないだろうか」

「そうなのかもしれねえ。しかし、脅した相手が多すぎて、ちょっと絞り込みが難しいな」

「だろうね」

見城は肯定して、バーボン・ロックを空けた。

「犯人《ホシ》は馬場とおれの両方に恨みを持ってる奴なんだろう。けどさ、そういう人物が浮かび上がってこねえんだよ」

「といって、このままじゃ癪《しやく》でしょ？」

「ああ、それはな。けど、いまは動くに動けねえ」

「そうだね」

「そのうち、善吉の父っつぁんから何か情報が入るかもしれねえ。それまで、しばらく待機だな。とりあえず、今夜は愉《たの》しく飲もうや」

百面鬼はブッカーズのキャップを外すと、大声でバーテンダーにグラスを持ってきてくれと喚《わめ》いた。

「今夜も、おれのバーボンをダイナミックに飲む気だな」

「シケた面《つら》すんなよ。おれは友達《ダチ》思いの人間だから、そっちの肝臓を労《いたわ》ってやってるんじゃねえか。感謝してもらいてえぐらいだぜ」

「よく言うよ」

見城は苦笑して、煙草をくわえた。

三人は十一時半に腰を上げ、店の前で別れた。見城は、路上に駐《と》めてあるドルフィンカラーのＢＭＷに乗り込んだ。

右ハンドルのドイツ車だ。５シリーズで、まだ割に新しい。長いこと乗っていたローバーを廃車にして、ＢＭＷを買ったのだ。飲酒運転をすることになるが、特に疚《やま》しさは感じていない。それどころか、法律やモラルを破ることにある種の快感さえ覚えている。

見城はＢＭＷを発進させた。

青山通りに出て、渋谷方向に走る。十分そこそこで、『渋谷レジデンス』に着いた。

見城はＢＭＷを地下駐車場に入れ、エレベーター乗り場に急いだ。

マンションは九階建てだった。八階で降り、自分の部屋に向かう。室内には電灯が点いていた。

里沙が来ているようだ。彼女には、スペアキーを渡してあった。見城たち二人が深い仲になって、はや三年が流れている。

知り合ったのは、南青山にあるピアノバーだった。ひとりでギムレットを傾《かたむ》けていた里沙は、数人の酔客に代わる代わるに言い寄られていた。迷惑顔だった。

見城はとっさに彼女の恋人を装《よそお》い、酔った男たちを追い払ってやった。そのことが縁で、二人はつき合うようになったのである。

見城は、里沙の美貌《びぼう》に魅《み》せられただけではなかった。人柄にも好感を抱《いだ》いた。

里沙は思い遣《や》りがあり、他者の憂《うれ》いや悲しみにも敏感だった。頭の回転も速《はや》い。

見城はドア・ノブに手を掛けた。

ロックされていた。レザージャケットのポケットから鍵《かぎ》を取り出し、錠を解《と》いた。

部屋の中は暖かかった。

見城は靴を脱ぎながら、里沙の名を呼んだ。だが、応答はなかった。居間にも寝室にも、彼女の姿は見当たらない。先に風呂《ふろ》に入っているのか。

見城は浴室に足を向けた。

里沙は週に何度か、仕事の帰りに立ち寄って、そのまま泊まっていく。見城も月に一、二回、参宮橋《さんぐうばし》にある里沙の自宅マンションで朝を迎えていた。

脱衣室を兼ねた洗面所のドアをそっと開けると、シャワーの音が響いてきた。磨《す》りガラス越しに里沙の裸身が見えた。プロポーションは申し分ない。百六十四センチの体は、みごとに均斉《きんせい》がとれている。脚《あし》はすんなりと長かった。

見城は大急ぎで着ているものを脱ぎ、いきなり浴室のドアを開けた。

里沙が驚きの声をあげ、本能的に砲弾型の乳房と逆三角形に繁った飾り毛を両腕で覆《おお》い隠した。

「びっくりさせちゃったな」

「驚いたわ」

「ごめん、ごめん！」

見城は詫《わ》びて、浴室に入った。

「一時間ほど前に、不法侵入しちゃった。それで、勝手にお風呂を沸《わ》かしちゃったの。ちょっと図々《ずうずう》しかったわね」

「そんなことはないさ。湯を張る手間が省《はぶ》けて助かったよ」

「外、寒かったでしょ？」

「ああ」

「わたしが温めてあげる」

里沙が妖艶《ようえん》な笑みを拡《ひろ》げ、火照《ほて》った柔肌を寄せてきた。

ウエストのくびれが深く、腰は豊かに張っている。蜜蜂《みつばち》を連想させる体型だ。

見城は里沙を抱き寄せ、官能的な唇をついばみはじめた。

3

ＢＭＷを停める。

参宮橋の里沙の自宅マンションの前だ。翌日の午後四時過ぎである。

「きのうは燃えたな。さすがに全身の筋肉が痛いよ」

見城は里沙に言った。

「わたしも恥ずかしいほど乱れちゃったわ。あなたのせいよ。コーヒーでも、どう？」

「またにしよう」

「そう。わざわざ送ってくれて、ありがとう」

里沙が助手席から降りた。

見城は片手を掲《かか》げた。里沙が小さく手を振って、マンションの玄関に向かった。

彼女の姿が見えなくなったとき、ハンズフリー装置の上で携帯電話が鳴った。

発信者は百面鬼だった。

「少し前に、善吉の父っつぁんから電話があったんだ」

「百《どう》さんの免許証を掏《す》った女の正体がわかったんだね？」

「いや、例の女スリと断定はできねえらしいんだよ。ただ、その疑いはあるって話だったな」

「その女の名前は？」

「樋口智香《ひぐちちか》、二十六歳だ。家《ヤサ》は、板橋《いたばし》区大山《おおやま》町の『大山コーポラス』ってマンションの三〇三号室だってさ。智香は池袋《いけぶくろ》や上野《うえの》で稼いでるらしい」

「百《どう》さん、そのマンションに行ってみようよ」

見城は言った。

「そうしてえところだが、おれの周《まわ》りに二匹の蠅《はえ》が飛び回ってやがるんだ」

「新宿署の広瀬と水谷が張りついてるんだね？」

「そう。いま、都庁の前にいるんだが、見城ちゃん、尾行の妨害をしてくれねえか。そっちが広瀬たちの覆面《メン》パトと戯《たわむ》れてる隙《すき》に、おれは智香って女のマンションに行く。見城ちゃんも広瀬たちをうまく撒《ま》いたら、『大山コーポラス』に来てくれねえか」

「オーケー。いま、参宮橋にいるんだ。西新宿までは、ひとっ走りだよ」

「昨夜《ゆうべ》は、里沙ちゃんちにお泊まりかい？」

「百《どう》さん、そんな呑気《のんき》なことを言ってる場合じゃないでしょ。広瀬たちの覆面《メン》パトの車種は？」

「シルバーグレイのスカイラインだよ。運転してるのは水谷のほうだ」

「わかった。十五分ぐらいで、そっちに行けると思うよ」

「待ってらあ」

百面鬼が先に電話を切った。

見城はトランクオープナーを引き、ごく自然に車を降りた。トランクルームの奥から二枚の模造ナンバープレートを取り出し、前後のプレートの上に重ねる。模造ナンバーの裏側には、平たい磁石《じしゃく》が貼ってあった。

見城は運転席に戻ると、グローブボックスから黒縁の眼鏡《めがね》を取り出した。レンズに度は入っていない。変装用の眼鏡だった。眼鏡をかけ、前髪を額《ひたい》いっぱいに垂らす。だいぶ印象は違って見えるのではないか。

見城はＢＭＷを走らせはじめた。

代々木《よよぎ》の裏通りを抜け、甲州《こうしゅう》街道に出た。新宿駅方向に短く走り、左に折れる。

百面鬼の黒い覆面パトカーは、ツインタワーのある都庁第一本庁舎の前に停まっていた。クラウンだ。

大半の覆面パトカーは、ワンランク下のセダンが使われている。百面鬼は前署長の不正を脅しの材料にして、特別に自分用の覆面パトカーを注文させたのだ。

クラウンの百メートルほど後方にシルバーグレイのスカイラインが見える。

ステアリングを両腕で抱え込んでいるのは、ずんぐりとした体型の水谷だった。広瀬は助手席で腕組みをしている。

見城はクラウンとスカイラインの間に車を割り込ませた。

すかさずスカイラインが車間距離を詰める。

数分が流れたころ、百面鬼が黒い覆面パトカーをスタートさせた。少し間《ま》を取ってから、見城も車を走らせはじめた。後ろのスカイラインもウインカーを点滅させた。

クラウンは新宿中央公園をゆっくりと巡ると、新宿西口の高層ホテル街に入った。

見城は後続のスカイラインの位置を確かめながら、速度を加減した。百面鬼のクラウンが加速し、ホテル街を走り抜けていった。

見城は減速して、ハンドルを小さく右に左に切りはじめた。

追い越しをかけられないスカイラインが焦《じ》れて、短く警笛《クラクション》を轟《とどろ》かせた。

見城はクラクションを黙殺《もくさつ》して、低速運転をつづけた。すると、今度は長くクラクションが鳴らされた。さすがに無視することはできない。

見城はＢＭＷを左に寄せた。スカイラインが警笛を響かせながら、ＢＭＷの横を抜けていった。すでに百面鬼の覆面パトカーは、視界から消えていた。

見城は、スカイラインを追走《ついそう》しはじめた。

スカイラインは三つ目の十字路で一時停止した。やはり、百面鬼の覆面パトカーを見失ったのだろう。

見城は新宿中央公園の方に戻り、山手《やまて》通りに出た。

道なりに進めば、やがて熊野町《くまのちょう》交差点にぶつかる。左折して、川越《かわごえ》街道を走れば、右手に大山町があるはずだ。

東中野《ひがしなかの》駅の脇を通過して間もなく、携帯電話が軽やかな着信音を刻みはじめた。

見城は片手でステアリングを操《あやつ》りながら、すぐに応答した。

「どうもしばらくです。誰だかわかります？」

女のしっとりとした声が耳に届いた。

「わかるさ。その声は柴美咲《しばみさき》さんだね」

「わっ、嬉《うれ》しい！」

「きみの声を聞いたのは五カ月ぶりだな」

「そんなことまで憶《おぼ》えてくれてるなんて、感激だわ」

「きみの体の黒子《ほくろ》の数まで憶えてるよ」

見城は気障《きざ》な台詞《せりふ》を囁《ささや》いた。美咲は、情事代行の客だった。リピーターのひとりである。二十七歳の証券アナリストだ。

「相変わらず、サービス精神が旺盛《おうせい》ね」

「単に営業用のリップサービスじゃないんだ。それだけ、きみが印象深かったってことだよ」

「女泣かせの殺し文句ね。ぞくっとしちゃった。それはそうと、今夜は何か予定が入ってるの？」

「あいにく今夜は調査の仕事があるんだ」

「そうなの、残念だわ。見城さんに優しくしてもらいたかったんだけど」

「都合《つごう》のつく日なら、いつでも馳《は》せ参《さん》じるよ。何があったのかな？」

「遣《や》り手《て》の証券トレーダーの男性を好きになりかけてたんだけど、その彼、一週間前に自殺しちゃったの」

「自殺の動機は？」

「トレーディングの失敗を苦にして……」

「そうなのか。自信たっぷりに生きてるように見える奴の内面は案外、弱かったりするからね。それにしても、気の毒だな」

「ショックだったわ、とっても。でも、わたしは強く生きていくわ。また、連絡させてもらってもいい？」

「もちろん！」

「それじゃ、近いうちに、わたしのほうから連絡します。お忙しいところをごめんなさいね」

美咲が幾《いく》らか改まった口調で言って、通話を切り上げた。

無理をすれば、美咲と会う時間を作れないことはない。しかし、いまは百面鬼の力になりたかった。

目白《めじろ》通りと新青梅《しんおうめ》街道を突っ切り、熊野町交差点をめざす。川越街道を六、七分走ると、大山町に達した。

目的のマンションは、川越街道から数百メートル奥に入った場所にあった。『大山コーポラス』は三階建ての低層マンションだった。

その近くの路上に、百面鬼の覆面パトカーが駐まっている。

見城はクラウンの数十メートル後方にＢＭＷを停めた。百面鬼が見城の車に気づき、覆面パトカーを降りた。

見城も外に出る。

夕闇が漂いはじめていた。二人は路上にたたずんだ。

「見城ちゃん、ありがとよ。いまごろ広瀬たち二人は課長に怒鳴《どな》られてるだろう」

「三〇三号室には明かりが点いてるな」

見城は低層マンションを見上げて、小声で言った。

「部屋にいる女が、さっき一階の集合ポストまで降りてきた。歌舞伎町一番街でわざとおれにぶつかって、運転免許証を抜き取った女に間違いなかったよ。それから、三〇三号室の郵便受けには、樋口ってネームプレートが出てた」

「百《どう》さん、部屋に押し込む？」

「いや、もう少し様子を見てみようや。ひょっとしたら、女スリは真犯人《ホンボシ》と接触するかもしれねえからさ」

「それじゃ、車の中で張り込もう」

「ああ、そうしようや」

百面鬼が言って、体を反転させた。見城はＢＭＷの運転席に入り、ロングピースをくわえた。

時間がのろのろと過ぎる。九時まで待っても、三〇三号室の主は姿を見せなかった。訪問客もいなかった。覆面パトカーを降りた百面鬼がBMWに歩み寄ってきたのは、九時半ごろだった。

見城はパワーウインドーを下げた。

「百《どう》さん、部屋に行ってみよう」

「そうするか。どうも今夜は外出しねえようだからな」

百面鬼が言った。

見城はパワーウインドーを上げ、急いで運転席から離れた。二人は肩を並べて、『大山コーポラス』に足を向けた。

低層マンションにはエレベーターがなかった。見城たちは階段を使って、三階に上がった。

「見城ちゃん、宅配便の配達員に化けてくれねえか」

百面鬼が外廊下を大股で歩きながら、小声で言った。

「わかった。で、どんな段取りでいく？」

「女が玄関のドアを開けたら、警察手帳《チョウメン》を見せて中に入るよ」

「了解！」

見城は短く応じ、先に三〇三号室の前に立った。

インターフォンを鳴らすと、スピーカーから女の声が響いてきた。

「どなたでしょう？」

「宅配便です」

「えっ、こんな時間に⁉」

「昼間、一度伺《うかが》ったんですよ。しかし、お留守だったようなので……」

「きっと買物に行ってたときに来たのね。不在票がポストに入ってなかったけど」

「いらっしゃることが確認できましたので、すぐに荷物を車から持ってきます。荷物、かなり重いんですよ」

見城は聞こえなかった振りをして、ドアスコープには映らない場所に移動した。

ややあって、ドアチェーンとシリンダー錠を外す音がした。すかさず百面鬼が玄関のドアを開ける。女が驚きの声を洩《も》らした。百面鬼につづいて、見城も室内に身を滑《すべ》り込ませる。玄関ホールに、派手な顔立ちの女が立っていた。

「怪しい者じゃねえよ」

百面鬼がＦＢＩ型警察手帳を女の目の前に突きつけた。女はわずかにたじろいだが、すぐに気を取り直した。

「なんのご用なんです？」

「樋口智香だなっ」

「そうですけど、いったい何なんですかっ。わたし、別に悪いことなんかしてませんよ」

「もう観念しなよ、スリのお姐《ねえ》ちゃん」

百面鬼が凄《すご》んだ。

「わたしがスリですって⁉　失礼なこと言わないでちょうだいっ」

「悪あがきはやめな。そっちは十日ぐらい前に新宿の歌舞伎町一番街でわざとおれにぶつかって、運転免許証を抜き取ったじゃねえか」

「そんなことしてません！」

智香が憤然《ふんぜん》と言った。

百面鬼は喉《のど》の奥で笑い、バックハンドで智香の顔面を殴打《おうだ》した。智香が頬《ほお》に手を当て、大きくよろける。

「ちょっと上がらせてもらうぜ」

百面鬼は玄関ホールに上がると、智香に後ろ手錠を打った。

「こんなことをするなんて、ひどすぎるわ」

「つべこべ言うんじゃねえ」

「あんた、偽刑事《にせ》ね。いくら何でも現職の刑事がそんな無礼なことは言わないもの」

「これでも一応、現職なんだよ。悪いな」

「わたしをどうしようって言うのよっ」

智香が気色《けしき》ばんで、身を捩《よじ》った。

「奥に誰かいるのか？」

「いないわよ、誰も」

「なら、奥の部屋で話をしようや」

百面鬼がそう言い、智香の肩を押した。智香は少し迷ってから、足を踏みだした。

見城は靴を脱ぎ、二人の後に従った。間取りは１ＬＤＫだった。百面鬼は、智香をロータイプのリビングソファに坐《すわ》らせた。

「いい部屋に住んでるな」

「だから、なんだって言うの？」

智香が言い返した。百面鬼が太い二本の指で、札入れを挟む真似《まね》をした。

「これで、喰《く》ってるんだなっ。たいした名人芸だったぜ。おれは免許証を抜かれたことにすぐには気がつかなかった」

「わたしがスリだって言うわけ？　冗談じゃないわ。わたしは、れっきとしたＯＬよ」

「それじゃ、勤務先を教えてもらおうか」

「東栄《とうえい》商事よ」

「会社の所在地と代表電話番号は？」

「所在地は千代田《ちよだ》区神田《かんだ》……」

智香は言葉に詰まって、整った顔を伏せた。

「いい加減に諦《あきら》めろや。おれたちはスリ係の刑事じゃねえんだ。それにスリが現行犯逮捕《ゲンタイ》だってことは、そっちが一番よく知ってるだろうが。おれたちは、そっちを逮捕《パク》りにきたわけじゃねえんだ」

「だったら、手錠《ワッパ》外してよ」

「ついにお里が知れたな。ただのＯＬは、そんな隠語は使わねえぜ」

「………」

「誰に頼まれて、おれの運転免許証を掏《す》った？　そいつの名前を教えてくれたら、そっちの犯罪に目をつぶってやらあ」

「わたし、おたくの免許証なんて抜いてないわ」

「あくまでシラを切るつもりなら、こっちにも考えがあるぜ」

百面鬼が腰から特殊警棒を引き抜き、グローブのような大きな掌《てのひら》を打ち叩《たた》いた。

「そ、それで、わたしを叩くつもりなの⁉」

「相手が女じゃ、そこまではやらねえよ。けど、上と下の口に特殊警棒を突っ込むぐらいのことは……」

「やれるもんなら、やってみなさいよっ」

智香が態度を硬化させた。

百面鬼が智香の顎《あご》を挟みつけた。太い指先は、彼女の頰《ほお》に掛かっている。

智香は自然に口を開ける恰好《かっこう》になった。百面鬼は特殊警棒の先端を智香の口の中に浅く潜《もぐ》らせた。智香が口をすぼめる。警棒の侵入を阻《はば》む気になったのだろう。

「くわえ方が上手だな。おれの運転免許証を誰に渡したんだ？　そいつの名を吐かなきゃ、喉の奥まで突っ込むぞ」

百面鬼が威《おど》した。

智香は憎悪に燃える目で百面鬼を睨《にら》みつけ、聞き取りにくい声で何か言った。しかし、その声は耳に届かなかった。

後は、自分が引き受けよう。

見城は百面鬼に目顔で告げた。百面鬼が特殊警棒を智香の口中から引き抜き、後ろに退《さ》がる。

「刑事がこんなことをしていいのかよっ」

智香が男言葉で吼《ほ》えた。その目には、悔《くや》し涙が溜《た》まっている。

「相棒が手荒なことをして悪かったな。きみが怒るのは当然だ」

「なら、早く手錠を外させてよ」

「その前に、ちょっと話をしよう」

見城は言いながら、智香のかたわらに腰かけた。一瞬、智香が身を固くした。

「そんなに怖がらなくてもいいんだ。おれは女好きだから、相棒のような乱暴はしないよ」

「ほんとに？」

「ああ。女性に手荒なことはしない主義なんだ。まして美人を痛めつけるなんてことは、とても……」

「わたし、それほど綺麗《きれい》じゃないわ」

「いや、すごく美しいよ。顔はもちろん、髪も綺麗だ。いい匂《にお》いがするなあ」

見城は智香の肩に片腕を回し、セミロングの豊かな髪に軽くくちづけした。

「な、何なの？　なんのつもりなのよ⁉」

智香が薄気味悪がった。しかし、身を反《そ》らそうとはしなかった。

見城は智香の耳朶《みみたぶ》を口に含んで、舌の先でくすぐった。

「やめてよ、変なことは」

「変なことかなあ」

「困るわ」

智香の呼吸が乱れはじめた。

見城は白い項《うなじ》に唇を移した。唇で首筋を丹念になぞり、だしぬけに尖《とが》らせた舌を智香の耳の中に潜《もぐ》らせた。そのとたん、智香がなまめかしく呻《うめ》いた。

見城は片手を智香の胸に伸ばし、シャツブラウスのボタンを外した。智香は小さく抗《あらが》ったが、特に詰《なじ》らなかった。

見城は胸の谷間に指を這《は》わせた。肌は、しっとりとしている。

ブラジャーはフロントホックだった。ホックを上下に滑らせると、二つの乳房が弾《はじ》けた。かなりの量感だった。乳首は早くも張り詰めていた。見城は乳房を交互に愛撫《あいぶ》しはじめた。智香が切なげに喘《あえ》ぎ、時に甘く呻いた。

見城は口唇を首筋に戻した。

すると、智香が首を捻って自らキスを求めてきた。見城は拒《こば》まなかった。二人は、ひとしきり舌を深く絡め合った。

「伊達《だて》に女の数をこなしてるわけじゃねえな。さすが女殺しだ」

百面鬼が感心した口ぶりで言った。

ディープキスが終わると、智香が恥ずかしそうに呟いた。

「あなたが上手なんで、わたし、煽《あお》られちゃった」

「とことん煽ってやろう。その代わり、相棒の運転免許証を渡した相手を教えてくれないか」

「えっ、それが狙《ねら》いだったわけ？」

「まだ煽り方が足りないようだな」

見城はソファから腰を浮かせ、智香の片方の乳首を吸いつけた。舌で蕾《つぼみ》を甘く嬲《なぶ》りながら、中腰で智香のパンティーの中に手を入れた。

智香は一瞬だけ身を強張《こわば》らせたが、拒絶はしなかった。

「そこまで、やっちまう？　ちょっとサービスしすぎなんじゃねえのか」

百面鬼が笑いを含んだ声で、茶化した。それから、彼は葉煙草《シガリロ》に火を点けた。

見城は横目でそれを見ながら、智香の秘めやかな場所を指で探《さぐ》った。

和毛《にこげ》の下に潜《ひそ》んでいる小さな突起は、こりこりに痼《しこ》っていた。弾みが強い。芯《しん》の部分は真珠の塊《かたまり》のような手触《てざわ》りだった。

見城は長い中指で、合わせ目を下から捌《さば》いた。

なんの抵抗もなかった。指は熱い蜜液に塗《まみ》れた。

見城は潤《うる》みを敏感な突起に塗りつけ、そこを集中的に刺激しはじめた。

「あふっ！　たまらないわ、感じちゃう」

智香が舌足らずな喋《しゃべ》り方をして、淫《みだ》らな呻きを断続的に洩《も》らした。三日月眉《まゆ》は大きく歪《ゆが》んでいる。上瞼《うわまぶた》の陰影も濃かった。

見城は二つの乳首を交互に口に含みながら、指を休みなく動かしつづけた。

数分後、智香がエクスタシーに達しそうになった。見城は乳房から顔を離し、右手の動きを止めた。

「あっ、やめないで。もうすぐ、わたし……」

「誰に頼まれた？」

「後で教えてあげる。だから、とりあえず先に」

智香がもどかしそうに訴え、腰をくねらせた。

見城は、またもや指を使いはじめた。智香はすぐに昂《たか》まった。その前兆を感じ取ると、見城は愛撫の手を休めた。

「お願い、もう焦《じ》らさないで。これ以上焦らされたら、わたし、狂っちゃう」

「誰に頼まれたか言わなきゃ、きみはいつまでもクライマックスを味わえないぞ」

「言うわ、言うわよ。だから、早く……！」

「そいつの名は？」

「中町《なかまち》繁《しげる》よ」

「何者なんだ？」

「覚醒剤《スピード》の売人よ。昔、遊びでちょっとスピードをやってたことがあるの。そのとき、中町からパケを買ってたのよ」

「そいつは、どこの組員なんだ？」

「池袋の極友会《きよくゆう》浜尾《はまお》組の若い衆よ」

「いくつなんだ？」

「確か二十八よ。もういいでしょ、早くわたしをクライマックスに押し上げて」

「後で、ちょっと協力してもらうぞ。よし、ごほうびをやろう」

見城は自慢のフィンガーテクニックを駆使して、一気に智香を極《きわ》みに押し上げた。

智香は体を震わせながら、愉悦《ゆえつ》の唸《うな》りを響かせはじめた。まるでジャズのスキャットだった。

4

酔った男たちが歩いている。

池袋駅西口の飲食街だ。もう数分で、午後十一時になる。

見城はＢＭＷの運転席から、路上にたたずんでいる智香を見ていた。

その近くの暗がりには、百面鬼が潜《ひそ》んでいる。智香は中町繁を待っていた。見城たちは女スリに中町に電話をかけさせ、覚醒剤を売ってほしいと言わせたのだ。

五分ほど待つと、前方から二十八、九歳の男がやってきた。

ひと目で筋者《すじもの》とわかる風体《ふうてい》だった。黒革のロングコートの裾《すそ》を翻《ひるがえ》しながら、肩をそびやかして歩いてくる。極友会浜尾組の中町だろう。

中町とおぼしき男は智香の姿に気づくと、軽く片手を挙《あ》げた。智香が男に歩み寄る。

男は二言三言《ふたことみこと》智香と言葉を交わすと、路地に足を踏み入れた。酒場の連《つら》なっている通りでは、麻薬の受け渡しはしたくないということだろう。

少し間《ま》を取ってから、智香がロングコートの男を追った。百面鬼も暗がりから出た。

見城は、そっと車を降りた。夜気《やき》は尖《とが》っていた。思わず首を竦める。

智香が路地に消えた。百面鬼はシャッターの降りた角の煙草屋の自動販売機にへばりついて、路地の奥に目をやった。

見城は辻《つじ》を横切り、すぐに反対側のＣＤショップのショーウインドーに身を寄せた。

路地を透《す》かして見ると、男と智香が立ち話をしていた。四、五十メートル先だ。路地の両側には、小さな雑居ビルや一般住宅が混然と建ち並んでいる。

智香が喋《しゃべ》りながら、ハンドバッグの留金《とめがね》を外した。

「女のほうを押さえてくれや」

百面鬼が小声で見城に言い、先に路地に入った。

中町と思われる男はロングコートのポケットに両手を入れ、突っ立っている。智香から金を受け取るまで、ポケットから覚醒剤のパケを出す気はないらしい。

見城も路地に足を踏み入れた。

歩きながら、上目遣《うわめづか》いに智香と男の動きをうかがう。百面鬼は智香たち二人の横を通り抜け、歩度《ほど》を緩《ゆる》めた。

智香が裸の札を男に差し出す。暗くて五千円札か、一万円札かは判然としなかった。

男が紙幣を受け取り、指の間に挟んだ小さなパケを智香に渡した。

中身は白色の粉だった。覚醒剤だろう。百面鬼が踵《きびす》を返し、男に走り寄った。

男は本能的に危険を感じ取ったらしく、見城のいる方に逃げてきた。

智香は、その場に立ったままだった。見城は、懸命に逃げてくるロングコートの男に横蹴りを見舞った。男の腰が砕《くだ》け、道端《みちばた》まで吹っ飛んだ。

見城は男の前に立った。

「てめえ、どういうつもりなんでえ」

男が息巻き、上体を起こした。せっかちに懐を探《さぐ》る。刃物か、拳銃《けんじゅう》を隠し持っているようだ。

見城は足を飛ばした。

スラックスの裾がはためく。右の前蹴りは男の鳩尾《みぞおち》に決まった。空手道では、水月《すいげつ》と呼ばれている急所だ。

男が長く唸《うな》って、前屈《まえかが》みになった。

「ご苦労さんよ」

百面鬼が見城を犒《ねぎら》って、素早く男の後ろに回り込んだ。片腕を捩《ねじ》上げ、男のコートのポケットからパケの束を抜き出す。腰の白鞘《しらさや》も取り上げた。

「なんだよ、てめえら！」

「粋《いき》がるんじゃねえ、チンピラが。警察だ」

「えっ」

「パケの中身は覚醒剤《シャブ》だな。試薬でテストしてみるかい？」

「くそっ」

「中町繁だな、極友会浜尾組の？」

「なんで、おれの名を知ってんだよ⁉　そうか、囮《おとり》捜査だったんだな」

中町がそう言い、智香を睨《にら》んだ。智香は、気まずそうに下を向いた。

見城は黙って智香の片腕を捉《とら》えた。

「池袋署じゃねえな、あんたら」

「新宿署だ」

百面鬼が中町に片手錠を打ち、引き起こした。中町が訝《いぶか》った。

「新宿署の刑事が、なんで……」

「いいから、来な」

百面鬼が中町を引っ立てた。見城も智香を促《うなが》した。

表通りに戻ると、百面鬼は中町を覆面パトカーの助手席に押し込んだ。すぐに片一方の手錠をステアリングに掛け、運転席に入る。

見城は先に智香をクラウンの後部座席に押し入れ、その横に坐った。

百面鬼が葉煙草《シガリロ》に火を点けてから、隣の中町に確かめた。

「後ろにいる樋口智香に、おれの運転免許証を掏《す》ってくれって頼んだな！」

「えっ」

「スリのお姐《ねえ》ちゃんがもう口を割ったんだよ」

「旦那《だんな》、なんか勘違いしてんじゃないの？　おれは後ろの女に頼まれて、覚醒剤《シャブ》のパケを売っただけだぜ」

中町が、しどろもどろに言った。次の瞬間、百面鬼が無言で中町の頬に肘打《ひじう》ちをくれた。鋭いエルボーだった。

骨と肉が鈍く鳴った。手錠も音をたてた。

「なんだよ、ひでえじゃねえか」

「ブーたれるな。ばっくれるつもりなら、てめえの目ん玉を特殊警棒で潰《つぶ》しちまうぞ」

「静かに話すから、もう手荒なことはやめてくれよ」

「だらしのねえヤー公だ」

「言ってくれるな」

中町がぼやいた。そのとき、智香が中町の肩を揺さぶった。

「ね、ほんとのことを話してよ。わたし、あんたに頼まれて、隣の刑事さんの運転免許証を抜いたことを喋《しゃべ》っちゃったのよ。それから、あんたに貰った刑事さんの顔写真をもう渡しちゃったんだからさ」

「なんのことだか、おれにはよくわからねえな」

「もう諦《あきら》めたほうがいいって。わたし、あんたから二十万の謝礼を貰ったことも話しちゃったのよ」

「謝礼なんか払った憶《おぼ》えはねえな」

「とぼけないでよ！　免許証を渡したとき、二十枚の万札をくれたじゃないの」

「知らねえって言ってるじゃねえか。しつけえな。それより、おまえ、いい度胸してるじゃねえか。このおれを警察《サツ》に売ったんだからよ。この礼は、きっちりさせてもらうぞっ」

中町が上半身を捩って、智香を威《おど》した。

見城は何も言わずに中町のこめかみに左の手刀《しゅとう》を打ち込んだ。中町が大きく上体を傾け、ドア・フレームに頭をぶつけた。唸りは長く尾を曳《ひ》いた。

「この写真を盗み撮《ど》りしたのはてめえなのかっ」

百面鬼が中町のオールバックの頭髪を鷲摑《わしづか》みにした。やくざ刑事は、智香から渡された一葉《いちよう》のカラー写真を手にしていた。くわえ煙草だった。

中町は返事をしなかった。

百面鬼は自分の写っている印画紙を上着の内ポケットに入れると、葉煙草《シガリロ》の火を中町の右の太腿《ふともも》に無造作《むぞうさ》に押しつけた。中町が獣じみた声を放った。火の粉《こ》が散り、布の焦《こ》げる臭《にお》いが漂った。

「これでも喋《しゃべ》らなきゃ、押収した匕首《ドス》をてめえの反対側の太腿に突き立てるぞ」

「あ、あんた、ほんとに刑事かよ⁉」

「警察手帳《チヨウメン》見てえってか。いいだろう、見せてやらあ」

百面鬼は懐から警察手帳を抓《つま》み出し、ルームランプを灯《とも》した。

「信じられねえよ、おれ」

「池袋《ブクロ》なんて田舎《ナカイ》で稼業張ってたんじゃ、おれのことは知らねえんだろう。新宿でおれを知らねえのはモグリばっかりだ」

「参考までに、名前を教えてくれねえか」

中町が言った。

「いっぱしのことを言うじゃねえか。おれの名前を聞いて、どうする気なんでえ？」

「別に、どうもしねえよ」

「そうかい」

百面鬼が車内灯を消すなり、ショートアッパーで中町の顎《あご》を掬《すく》った。中町が反《そ》り身になって、呻き声を零《こぼ》した。

「あんまり粘《ねば》ると、救急車に乗ることになるぜ。さっきの写真は、てめえが撮《と》ったのかっ」

「そうじゃないよ。顔見知りの男に写真を渡されて、あんたの運転免許証を手に入れてくれって頼まれたんだ」

「そいつは、おれの名前や刑事だってことを言ったのか？」

「そういうことは教えてくれなかったよ。ただ、いつも歌舞伎町をぶらついてるから、すぐにわかるって言ったんだ。最初は、おれ自身があんたを痛めつけて免許証を奪うつもりだったんだが……」

　中町が口ごもった。見城は百面鬼より先に口を開いた。

「写真を見て、ビビったんだな？」

「うん、まあ。で、後ろにいる智香に仕事を回したんだよ」

「いくら謝礼を貰った？」

「ちょうど百万だよ」

「八十万もピンをはねたのか」

「そういうことになるな」

「その知り合いってのは、どこの誰なんだ？」

　今度は百面鬼が問いかけた。

「四十歳前後の体格《ガタイ》のいい男だよ。ちょっと体つきが旦那に似てるね。顔の感じも、似てるかもしれない」

「髪型は？」

「旦那と同じだよ」

「そいつの名前は？」

「そこまでは知らねえよ。よく行くサウナで時々、顔を合わせてただけだからさ」

「おれの運転免許証はどこで渡したんだ？」

「いま話したサウナの脱衣室だよ」

「連絡はどうやって取ったんでえ？」

「先方が毎日一回、おれの携帯に電話をしてきたんだよ。で、いつものサウナで落ち合ったんだ」

「ひょっとしたら、その男はサウナにいるかもしれねえな。そこに案内してもらおう」

「多分、いないと思うけどな」

　中町が呟《つぶや》いた。百面鬼はそれを無視して、智香に言った。

「そっちは、もう帰ってもいいよ」

「ほんとに？」

「ああ。中町みたいな屑野郎《くずやろう》とはあまり関わらねえことだな。それから、あんまり派手に掏《す》りまくんなよ」

「わかったわ。貰った二十万、どうしよう？」

「貰っとけよ」

「いいの？」

「かまわねえさ。別に、おれの懐が痛んだわけじゃねえからな」

「それじゃ、貰っとくわ」

智香が百面鬼に言い、だしぬけに見城の股間《こかん》に手を伸ばしてきた。

「なんだ、急に？」

「気が向いたら、いつでもわたしの部屋に遊びに来て。あなたのフィンガーテクニック、最高だったわ」

「そいつはどうも！」

見城は短く応じた。

智香がウインクして、覆面パトカーを降りる。そのまま足早に駅前のメインストリートに向かった。

「けっ、淫乱女《いんらん》め！　あいつ、ちょっといい男を見ると、てめえのほうから誘うんだ」

中町が悪態《あくたい》をついた。すかさず百面鬼がからかった。

「当然、おめえは誘われなかったんだな？」

「それじゃ、おれ、まるっきりの醜男《ぶおとこ》みたいじゃないか」

「その面《つら》で二枚目ぶるねえ。おれと五分《ごぶ》じゃねえか、顔のまずさじゃ」

「そりゃないでしょ。旦那より、おれのほうがマスクは整ってますよ」

「うぬぼれだよ、そう思うのは。サウナは近くにあるのか？」

「歩いて二、三分の場所にある。ちゃんと案内するから、覚醒剤《シャブ》のことは大目に見てください」

中町が答えた。

「いいだろう」

「それから、手錠《ワッパ》外してほしいな。おれ、逃《フケ》げたりしませんから」

「わかった」

百面鬼は先にハンドルに嵌《は》めた手錠を外し、中町の手首も自由にした。

見城はクラウンから出て、助手席の前に立った。中町が逃亡を図ることを阻止《そし》したのだ。百面鬼が覆面パトカーを回り込んできて、中町の革ベルトを摑んだ。

見城は百面鬼の反対側に回った。二人は中町を挟む形で歩きだした。

中町の行きつけのサウナは、ロサ会館の裏手にあった。雑居ビルの一階から三階までがサウナになっていた。

一階ロビーにクロークがあった。

百面鬼が従業員に警察手帳を呈示し、店内を検《あらた》めさせてほしいと申し入れた。すぐに協力を得られた。一階の休憩室、脱衣室、サウナルームをチェックした。しかし、それらしい男はいなかった。

「多分、今夜は来てないと思う」

中町が言った。

それでも見城たちは、二階と三階を覗《のぞ》いてみた。しかし、徒労に終わった。

一階ロビーに戻ったとき、百面鬼は従業員に常連客のことを訊《たず》ねた。

従業員は、中町に百面鬼の写真を渡した四十歳前後の体格のいい男のことを知っていた。だが、男の氏名や住所までは知らなかった。十一日前に来店して以来、一度も顔を見せていないという話だった。

やむなく三人は店を出た。

歩きだして間もなく、前方から大型バイクが走ってきた。ライダーは黒のフルフェイスのヘルメットを被《かぶ》っていた。衣服も黒っぽかった。

ライダーの左手がクラッチレバーから離れた。

ほとんど同時に、その手から何かが放たれた。金属片のようだった。

中町が左胸に手を当て、短く呻いた。そのまま膝《ひざ》から崩れる。大型バイクが加速し、百面鬼の脇を疾駆《しつく》していった。

「中町を頼むぜ」

百面鬼が見城に言い、ニューナンブM60（現在は使われていない）を引き抜いた。すぐに彼は立射撃《スタンディング・ポジション》ちの姿勢をとった。しかし、通行人が幾人《いくにん》もいた。

「くそったれ！」

百面鬼は猛然と走りだした。単車の尾灯《びとう》は、だいぶ小さくなっていた。

見城は屈《かが》んで、中町の上半身を抱え起こした。

その左胸には、俗に人喰い牙《きば》と呼ばれている手投げナイフが深々と埋まっていた。上部は鳥の頭のような形で、その先端は嘴《くちばし》に似ている。

握《グリップ》りのすぐ横に手裏剣《しゅりけん》そっくりの刃が突き出し、下の部分も三角刃だ。多くの刃を持つコンゴの武器フンガ・ムンガを基本デザインにした手投げナイフだろう。

中町は身じろぎ一つしない。見城は中町の左手首を取った。

体温は伝わってきたが、脈動は熄《や》んでいた。

オートバイの男が中町に百面鬼の写真を渡して、運転免許証を奪ってくれと頼んだのだろう。もしかしたら、逃げた男が百面鬼に化けて馬場を殺《や》ったのかもしれない。

見城は中町の死体を道の端まで引きずっていった。

腰を伸ばしたとき、百面鬼が駆け戻ってきた。

「逃げられちまった。人がいて、発砲できなかったんだ。ナンバープレートは折り曲げられてて、末尾の2しか読めなかった」

「中町は死んだよ。おそらく即死だっただろう」

「くそっ。バイクの野郎が中町の口を封じたにちがいねえ」

「百《どう》さん、後の処理を頼むね。野次馬が集まりはじめてるから、ひとまず消えるよ」

見城はうつむき加減で路地に走り入り、そのままBMWを駐《と》めた通りまで駆けた。

第二章　人喰《フンガ》い牙《ムンガ》

1

コーヒーカップが空になった。

ちょうどそのとき、店のアクリルドアが開いた。千代田区一《ひと》ツ橋《ばし》にある毎朝日報《まいちょうにっぽう》東京本社ビルの地下一階のティールームだ。

見城は何気なく出入口に視線を向けた。

唐津《からつ》誠《まこと》がぼさぼさの髪を手櫛《てぐし》で撫《な》でつけながら、見城のいる席に近寄ってくる。池袋で中町が殺された次の日の午後四時過ぎだ。

「待たせちゃったな。ちょっと急ぎの原稿を書いてたんで」

唐津が向かい合う位置に坐《すわ》り、ウェイターに大声でアメリカンコーヒーを注文した。

「アメリカンとは珍しいな。体調が悪いんですか?」

見城は訊《き》いた。

「朝からブラックコーヒーを六杯も飲んでるんだよ。それに、昨夜《ゆうべ》はちょっと飲みすぎたんでさ」

「それを聞いて、安心しましたよ」

「おれの健康を気遣《きづか》ってくれるなんて、なんか気持ち悪いな」

「そう警戒しないでくださいよ」

「警戒したくもなるよ。おたくにさんざん大きな事件《ヤマ》の情報《ネタ》を提供させられたからな」

唐津が陽気に厭味《いやみ》を言って、ハイライトに火を点《つ》けた。見城も釣られてロングピースをくわえる。

二人の間に、短い沈黙が落ちた。

四十四歳の唐津とは旧知の間柄だった。見城は刑事時代、当時は警察《サツ》回り記者だった唐津とちょくちょく酒を酌《く》み交わしていた。その後も、事件現場でよく顔を合わせている。よくよく縁が深いのだろう。

唐津は社会部のエリート記者だったが、いまは遊軍記者のひとりにすぎない。離婚を機に、自ら出世レースから降りてしまったのだ。

といっても、記者魂《だましい》は失っていない。いまでも大スクープでしばしば紙面のトップを飾り、時々、論説委員並に署名入りのコラムを執筆している。

ウェイターが水とアメリカンコーヒーを一緒に運んできた。唐津が顔をしかめた。

「おい、おい！　常連客だからって、横着なことをするなよ。ふつうは水を先に出すもんじゃないのか？」

「あっ、すみません！　つい横着しちゃいまして」

「冗談だよ、そんなにしょげるなよ。それより、ちゃんと授業に出てるか？」

「ええ、一応」

「働きながら二部の大学に通うのは大変だろうけど、頑張《がんば》れよな」

「はい、頑張ります」
二十一、二歳のウェイターがにこやかに答え、ゆっくりと遠ざかっていった。
「彼は新聞記者《ブンヤ》志望なんだよ。おれが面接官のひとりなら、彼を強く推《お》すんだがね。いまどき珍しいぐらいにピュアな奴なんだ」

「唐津さん、彼を養子にしたら？」

「この野郎、おれを年寄り扱いしやがって。ところで、そろそろ手の内を見せろよ。いったい何を探《さぐ》りにきた？」

「実は、百《どう》さんが誰かに濡衣《ぬれぎぬ》を着せられそうになったんですよ」

見城は煙草の灰を落とし、馬場弁護士殺害事件のことを喋《しゃべ》った。

「あの生臭坊主は刑事でありながら、だいぶ悪行《あくぎょう》を重ねてるようだから、いろんな人間に恨《うら》まれてるんだろう」

「ええ、そのことは否定しません。それにしても、現職刑事に殺人の罪をおっ被《かぶ》せようとするのはやりすぎですよ」

「そうだな。で、おたくは極悪刑事のために一肌《ひとはだ》脱ごうってわけだ？　うるわしい友情物語じゃないか」

唐津がにやついて、どんぐり眼《まなこ》をしばたたかせた。

「からかわないでください。友情とか何とかってことじゃないんだ。おれ、小細工で他人《ひと》を窮地に追い込む卑劣さが赦《ゆる》せないんですよ。百《どう》さんに何か含むものがあるんなら、堂々と文句を言えばいいでしょう」

「その点については、おれもそう思うよ」

唐津がそう言って、短くなったハイライトを灰皿の底に捻《ひね》りつけた。

爪《つめ》がだいぶ伸びている。ツイードの上着のボタンも取れそうだった。テトロンのワイシャツの上に着込んでいるVネックの灰色のセーターは、毛玉だらけだ。

唐津はもともと身だしなみには無頓着《むとんじやく》だったが、離婚後は一段と構わなくなった。別れた妻がいまの唐津を見たら、より《ヽヽ》を戻したくなるかもしれない。見城はそう思いながら、煙草の火を消した。

唐津がアメリカンコーヒーを啜《すす》ってから、声をひそめた。

「真犯人《ホンボシ》は、弁護士の馬場と剃髪頭《スキンヘッド》の旦那《だんな》の両方に何か恨みを持ってる奴だな」

「おれもそこまでは読めたんですが、肝心の手がかりがないんですよ」

「悪いが、おれが提供できそうな情報《ネタ》はないな」

「唐津さん、それはないでしょ。馬場殺しの件で警察発表以上の話を教えたじゃありませんか」

「極悪刑事が誰かに嵌《は》められそうになったって話は面白いが、事情聴取されただけじゃ、ニュース価値はあまりないな。それに、おれは総会屋絡《がら》みの別の事件を追っかけてるんで、けっこう忙しいんだよ」

「どんな事件《ヤマ》なんです？」

「そいつは、ちょっと言えないな」

「総会屋の利益供与事件か何かなんでしょ？」

「話題を変えよう、話題をさ」

「唐津さんも喰《く》えなくなったな」

「遣《や》らずぶったくりの見城君とつき合ってるうちに、おれも人が悪くなっちゃったんだよ」

「言ってくれますね」

見城は苦笑して、すぐに言葉を重ねた。

「それはそうと、きのうの晩、池袋西口の飲食街で殺人《コロシ》があったでしょ？」

「極友会の若いやくざが特殊な手投げナイフを左胸に埋められたって事件《ヤマ》だな」

「そうです」

「なんで池袋の殺人事件に興味を持つんだ？」

「馬場弁護士は花園神社の境内でインディアン・トマホークで殺害され、池袋のヤー公はいくつも刃のある特殊な手投げナイフで殺《や》られてるでしょ？」

「そうだな」

「どちらも犯行に使われた凶器が珍しい物なんで、ひょっとしたら、二つの犯行《ヤマ》を踏んだのは同一人物なんじゃないかと思ったんですよ」

「言われてみると、確かにどちらも珍しい凶器だよな。誰もが簡単に入手できる物じゃない」

「そうなんですよね。それだから、きのうの夜の池袋の事件の情報が欲しいと思ったんです」

「なるほどね。もしかしたら、おたくの勘《かん》は当たってるかもしれないぞ。ただ、遣《や》り手《て》の弁護士と半端なやくざに何か共通点でもあるのかねえ？」

唐津が首を捻って、コップの水を半分近く喉《のど》に流し込んだ。

「確かに共通点となると、すぐには思い当たりませんよね」

「そのあたりのことを少し探《さぐ》ってやろう。悪党刑事とは知らない仲じゃないからな。ただし、すぐには動けないぜ。自分の取材があるからな」

「ええ、それで結構です。ひとつよろしく！」

「わかったよ。ところで、パーティー・コンパニオンの彼女は元気？」

「ええ、相変わらずですよ」

「そうか。何度も言ってるが、見城君にはもったいない女性だよ。彼女と結婚する気がないんだったら、適当な時期に自由にしてやったほうがいいんじゃないのか？」

「おれは別に里沙を縛《しば》っちゃいませんよ」

「彼女のほうが離れたがらない？」

「そういうことになるんですかね」

「自信家だな」

「唐津さんこそ、誰かと再婚したほうがいいんじゃないんですか」

「おれ、そんなに女に飢《う》えてるように見える？　こないだ、社の同僚に若い女性社員を見る目がぎらついてるって言われちゃったんだよ」

「そんなふうには感じませんが、なんとなく生活に張りがないんじゃないですか？」

見城は訊いた。

「張りか。言われてみると、確かに張りはないね。おれがスクープをしても、別に家族の誰かが一緒に喜んでくれるわけじゃないし、妻子のために頑張る必要もないわけだからさ」

「唐津さんは再婚したら、もっといい仕事ができるんじゃないのかな」

「再婚したくたって、相手がいないんじゃ話にならないじゃないか」

「いっそ別れた奥さんとよりを戻したら？　そういうケースは割にあるみたいですよ」

「女房、いや、元妻にも事情があるだろうから、よりを戻すなんてことはできない」

「しかし、まだ未練があるんでしょ？」

「少しはね。でも、お互いに別々の生き方をしたほうがいいんだよ」

唐津が迷いをふっ切るような口調で言い、アメリカンコーヒーを飲み干した。

内面には、複雑な想いがあるにちがいない。見城は曖昧《あいまい》に笑って、煙草の火を点けた。

それから二人は十分ほど雑談を交わし、ティールームを出た。

見城は地下二階の駐車場に足を向け、ＢＭＷに乗り込んだ。毎朝日報東京本社ビルの地下駐車場を出ると、すぐに車をガードレールに寄せた。

見城は百面鬼の携帯電話のナンバーを鳴らした。

やくざ刑事には、午前中に一度電話をしている。昨夜、池袋で別れた後のことを訊いたのだ。

百面鬼は池袋署にすぐ連絡をして、事情聴取に応じたという。

しかし、駆けつけた署員には極力《きよくりよく》、犯人のことは喋《しやべ》らなかったらしい。百面鬼は本気で自分の手で馬場を殺した犯人を捜し出すつもりでいた。

大型バイクで逃げた男のことを何もかも話してしまったら、捜査本部に先を越されかねない。それだけではなく、真犯人を追い詰めて巨額の金を脅《おど》し取ることもできなくなってしまう。

いま、百面鬼は池袋署に設置されたばかりの捜査本部にいるはずだ。中町の事件の捜査に協力する振りをして、当局の動きを探《さぐ》ることになっていた。

ツーコールで、電話は繋がった。

「見城ちゃんだな？」

「そう。いま、そばに人は？」

「誰もいねえよ。ほんの少し前に池袋署を出て、中町の住んでたマンションに覆面《メン》パトを走らせてるんだ」

「ということは、本部から手がかりらしい手がかりは得られなかったんだ？」

「当たり《ビンゴ》！　バイクで逃げた野郎の逃走経路も本部は摑《つか》んでねえし、単車の所有者の割り出しすら……」

「そう。司法解剖は、もう終わってるんでしょ？」

「ああ、正午前にな。遺体は、もう中町の家《ヤサ》に搬送済みのはずだよ。内縁関係の女房《バシタ》に会ってみようと思ってさ。そっちはどうだった？」

百面鬼が問いかけてきた。

「これといった収穫はなかったよ。ただ、馬場と中町に何か共通点があるかを調べてみるって言ってた」

「ふうん。午前中に見城ちゃんが電話で言ってた話にケチをつける気はねえけど、特殊な凶器ってことにあまり捉《とら》われねえほうがいいかもしれねえぞ」

「つまり、二つの事件の犯人は同一人物じゃないかもしれないってこと？」

「そこまで確信してるわけじゃねえんだが、犯人は別々だってことも……」

「もちろん、その可能性はあるよね。たまたま二つの事件の犯人《ホシ》が特殊な凶器を使っただけなのかもしれないから」

「そうなんだよな。どちらの凶器にも、犯人のものと思われる指紋《モン》は付いてなかったんで、同一人の犯行とも、別の人間の仕業《しわざ》とも判断しにくいんだけどさ」

「そうだね」

「とにかく、おれは雑司《ぞうし》ヶ谷《や》墓地のそばにあるという中町のマンションに行ってみらあ」

「そう。百《どう》さん、新宿署の二匹の蠅《はえ》は？」

「きょうは広瀬と水谷に尾行されてる気配はねえな」

「それじゃ、百《どう》さんの馬場殺しの疑いは完全に消えたんだろう」

「そう考えるのは、ちと甘いようだ。ミラーに見覚えのある覆面《メン》パトが……」

「例のコンビかな？」

「くそっ！　やっぱり、広瀬たちだ」

「おれが中町のマンションに行ったほうがよさそうだな」

「そうしてもらうか」

「オーケー、わかった。正確な住所とマンション名を教えてくれないか」

見城はレザージャケットの内ポケットから、手帳を引っ張り出した。

百面鬼が喋《しゃべ》った住所とマンション名をメモする。メモを執《と》り終えて間もなく、見城は電話を切った。車を南池袋に向ける。

二十五分ほどで、目的のマンションに到着した。

見城はBMWをマンションの前の通りに駐《と》め、エントランスロビーに入った。

そこには、極友会浜尾組の組員と思われる男たちが立っていた。三人だった。いずれも若かった。殺された中町の舎弟《しゃてい》たちなのかもしれない。

「失礼だが、中町君と同じ組の方？」

見城は男たちのひとりに声をかけた。角刈りで、左手首にゴールドのブレスレットを嵌《は》めている。

「おたくさんは？」

「中町君は中学時代の後輩なんだ。彼がきのうの夜、池袋で殺されたってニュースをテレビで観《み》て、びっくりして取るものもとりあえず……」

「お疲れ様です」

男が深く頭を下げた。ほかの二人が倣《なら》う。

「今夜が仮通夜《つや》なのかな？」

「そうです。葬儀屋をここで待ってるんですよ」

「中町君の部屋に行きたいんだがな」

「ご案内します。失礼ですが、お名前を教えていただけますか」

「佐藤《さとう》っていうんだ」

見城は、ありふれた姓を騙《かた》った。

「おれ、いいえ、わたし、真下《ました》です。中町の兄貴には、いろいろ世話になった者です。せめてもの恩返しと思って、弔《とむら》い事のお手伝いをさせてもらってるんです」

「中町君は、なんだってこういうことになったんだろう？　どこかの組織と揉《も》めてたの？」

「いいえ、そういうことはなかったんですよ」

「いつか会ったとき、中町君は覚醒剤《かくせいざい》を扱ってると言ってたが、何か客とトラブルでも起こしたんだろうか」

「そういうこともなかったと思います」

真下が答えた。

「警察はどんな見方をしてるのかな？」

「通り魔犯に運悪く殺《や》られたんじゃないかって言ってました」

「そう。中町君の亡骸《なきがら》は、彼の部屋に安置されてるの？」

「そうです。兄貴の部屋まで、ご案内いたしましょう」

「悪いね」

見城は、真下とともにエレベーターホールに向かった。

中町の部屋は五階にあった。廊下を歩きながら、見城は真下に声をかけた。

「確か中町君は、女性と一緒に暮らしてると言ってたが……」

「ええ、姐《あね》さんの瑠衣《るい》さんとご一緒でした」

「その女性とは一度も会ったことがないんだよ」

「そうですか。兄貴と一緒で、とても面倒見のいい女性《ひと》です」

真下がそう言い、五〇六号室のドアを勝手に開けた。

そのとたん、奥から線香の匂《にお》いが漂ってきた。見城は真下に導《みちび》かれて、奥に進んだ。

間取りは2ＬＤＫだった。居間の右手にある和室から、女の啜《すす》り泣く声が洩《も》れてきた。

真下が一礼し、その部屋に入っていった。

見城は居間にたたずんだ。

少し経《た》つと、嗚咽《おえつ》が熄《や》んだ。真下が和室から姿を見せた。

「どうぞ兄貴のおそばに」

「そうしよう」

見城は和室に足を踏み入れた。

八畳間だった。部屋のほぼ中央に、遺体が安置されていた。枕許《まくらもと》には二十五、六歳の派手な顔立ちの女が坐《すわ》っていた。泣き腫《は》らした顔が痛々しい。

「佐藤です。このたびは、突然のことで……」

「中町の家内の瑠衣です。家内といっても、まだ内縁関係だったんですけどね」

「心から、お悔やみ申し上げます」

見城は畳に正坐し、型通りの挨拶《あいさつ》をした。

瑠衣が涙を堪《こら》えながら、故人の顔を覆《おお》っている白布を取り除いた。中町の顔は土気色《つちけいろ》だったが、思いのほか穏《おだ》やかな死に顔だった。

「おい、中町！　なんだって死んじまったんだよ。その若さであの世に行っちまうなんて、親不孝すぎるぞ。奥さんや友人、それから舎弟分たちを悲しませやがって」

見城は芝居《しばい》っ気《け》たっぷりに声をかけ、死者の肩を揺さぶった。

次の瞬間、瑠衣が悲鳴のような泣き声を放った。彼女は畳に突っ伏すと、身を揉《も》んで泣きじゃくりはじめた。襖《ふすま》の近くに立った真下もうつむき、泣き声を嚙《か》み殺している。

見城は線香を手向《たむ》け、一分あまり合掌《がっしょう》した。それから、死者の顔面を白布で覆い隠した。

「どうぞ居間のほうに」

真下がそう言い、ダイニングキッチンに足を向けた。

見城は和室を出て、リビングソファに腰かけた。二分ほど過ぎると、真下が茶を運んできた。

「姐《あね》さんが落ち着かれるまで待っていただけますか？」

「そのつもりだよ」

見城は煙草に火を点けた。

十分あまり経ったころ、和室から瑠衣が現われた。もう涙ぐんではいなかった。

「お見苦しいところを見せてしまって、ごめんなさい」

「いや、当然のことですよ」

「真下の話によりますと、佐藤さんは中町の中学時代の先輩だそうですね」

「そうなんです。こっちも十代のころは、ちょっと突っ張ってたもんで……」

「それでは、そのころに中町と一緒にやんちゃをなさってた？」

「ええ、まあ」

見城は照れてみせた。

瑠衣が向かい合う位置に坐った。真下は瑠衣にも茶を淹《い》れると、会釈《えしやく》して部屋から出ていった。一階のエントランスロビーに戻ったのだろう。

「生前、中町から佐藤さんのお名前をうかがったことはなかったような気がするけど」

「中町君は堅気《かたぎ》のわたしに迷惑をかけたくないと言って、浜尾組に入るときに絶交宣言をして遠ざかっていったんですよ」

見城は顔色ひとつ変えずに、もっともらしい作り話をした。

「そうだったんですか」

「奥さん、犯人にお心当たりは？」

「それが全然ないんですよ」

「中町君は何かトラブルを抱《かか》えてませんでした？」

「それもなかったと思うけど、遣り繰り《シノギ》がここ数年はきつくなってたようね」

瑠衣が、くだけた口調になった。

「そう」

「それで組には内緒で、時々、個人的なアルバイトをしてたみたい。わたしは細かいことは知らないんだけど」

「実は十何日か前、池袋の西口の飲み屋街で偶然に中町君を見かけたことがあるんですよ。そのとき、彼は四十前後の体格のいい男と一緒だったんだ。もしかしたら、その男が事件に何か関わりがあるんじゃないかと思ったんだが、そいつが誰だか思い当たらないかな？」

見城は、また出まかせを口にした。

「ちょっと見当がつかないわ」

「そう、そうだろうな」

「佐藤さんは、どんなお仕事を？」

「調査関係の仕事をちょっとね。だから、中町君の事件のことを個人的に調べてみる気になったんだ。でも、手がかりが何もないんじゃ、どうすることもできないな」

「中町は、外でのことはあまり話してくれなかったの。やくざ者だったけど、わたしには優しかったのよ。それで、もう少ししたら、ちゃんと入籍してくれると言ってたのに、こんなことになっちゃって」

瑠衣が下唇を嚙みしめ、目頭《めがしら》にハンカチを当てた。

これ以上粘《ねば》っても、何か手がかりは得られそうもない。見城はそう判断して、ほどなく腰を上げた。部屋を出て、エレベーターで一階に下《くだ》る。見城は真下たちに見送られて表に出た。いつの間にか、真っ暗になっていた。

BMWのエンジンを始動させたとき、携帯電話に着信があった。

「見城ちゃん、おれだ」

百面鬼の切迫《せっぱく》した声が耳に届いた。

「何かあったんだね？」

「正体不明の敵が、おれの女を引っさらいやがったんだ」

「女って、フラワーデザイナーの久乃さんのこと？」

「そうだよ。広瀬たちの尾行を撒《ま》いて久乃の家に来てみたら、部屋の中が荒らされてて、彼女がいなかったんだ。いったい、どういうことになってんだって思ってたら、久乃の自宅の固定電話が鳴ったんだよ」

「久乃さんを引っさらった犯人からの電話だったんだね？」

見城は確かめた。

「そう。牙と名乗る男が久乃を人質に取ったと……」

「そいつは、フラワーデザイナーを電話口に出したの？」

「ああ。久乃が拉致《らち》されたことは間違いねえよ。昔おれが惚《ほ》れてた檜山絹子《ひやまきぬこ》のことを思い出して、ぞっとした」

百面鬼が辛《つら》そうに言った。絹子という女性は邪悪な悪党どもに人質に取られた末に、無残にも殺されてしまったのだ。自分のために愛する女を死なせたことで、しばらく百面鬼は落ち込んでいた時期があった。

「牙と名乗った男は、百《どう》さんに何を要求してきたの？」

「明日の午前十時に、おれの携帯に電話をするって一方的に言って、先に通話を打ち切りやがったんだ」

「牙の声に聞き覚えは？」

「野郎はボイス・チェンジャーを使ってやがったんだよ。だから、まるっきり見当がつかねえんだ」

「いま、百《どう》さんは久乃さんの自宅にいるんだね？」

「そうなんだ。これじゃ、動くに動けねえ。久乃も絹子と同じ目に遭《あ》わされるんじゃねえかと思うと、おれ、頭がおかしくなりそうだぜ」

「百《どう》さん、落ち着いて！　とにかく、どこかで会おうよ。そうだな、いつもの店で落ち合おう。百《どう》さん、必ず『沙羅』に来てくれないか」

　見城は電話を切ると、せっかちにＢＭＷを発進させた。

2

間もなく午前十時になる。

長椅子《ながいす》に腰かけた百面鬼が溜息《ためいき》をついた。見城のオフィス兼自宅マンションの事務フロアだ。昨夜、百面鬼は泊まったのである。

「急いでくれ」

見城は、すぐ横にいる松丸に言った。

松丸は、コーヒーテーブルの上に置かれた百面鬼の携帯電話に特殊なアタッチメントを取り付けていた。アタッチメントの細いコードは、小型の電話逆探知機に繋がれている。松丸の手製だった。

「逆探知にしくじったら、ただじゃおかねえぞ」

百面鬼が苛《いら》ついた声で松丸に言った。

「そういう言い方はないいんじゃないっすかっ。おれは自分の仕事をわざわざキャンセルして、朝の八時にここに駆けつけたんすよ」

「なんでえ、口なんか尖《とが》らせやがって。おめえ、久乃がどうなってもいいと思ってやがるんだな」

「そんなこと思ってるわけないでしょ！　苛《いら》つく気持ちはわかるけど、ガキみたいな八つ当たりはしないでほしいな」

松丸が言い返した。

「なんだと⁉　松《まつ》、もういっぺん言ってみろっ」

「もう少し冷静になってほしいっすね」

「この野郎！」

百面鬼がいきり立った。

見城は剃髪頭《スキンヘッド》の悪党刑事を窘《たしな》めた。百面鬼は仏頂面《ぶっちょうづら》でうなずき、葉煙草《シガリロ》をくわえた。

その顔は黒ずみ、脂《あぶら》が浮いている。百面鬼は昨夜、一睡《いっすい》もしていなかった。牙に人質に取られてしまった佐竹久乃の身を夜通し案じていたのだろう。

「作業完了っす」

松丸が見城に報告し、手製の電話逆探知機を覗《のぞ》き込んだ。

見城は腕時計を見た。あと一分数十秒で、約束の十時になる。

百面鬼が喫《す》いさしの葉煙草《シガリロ》を灰皿に載《の》せ、卓上の携帯電話を摑み上げた。見城は静かにソファから立ち上がった。どうにも気持ちが落ち着かなくなってきたのだ。

携帯電話が着信音を奏《かな》ではじめた。

百面鬼が携帯電話を耳に当てた。見城と松丸は、素早くイヤフォンを耳に突っ込んだ。

すぐに男のくぐもり声が響いてきた。

「わたしだよ」

「牙だなっ」

「そうだ」

「久乃におかしな真似《まね》をしなかっただろうな！」

百面鬼が怒りを露《あらわ》にした。

「安心しろ。別に何もしちゃいない。ただ、目隠しをしてもらってる。逃げられちゃ困るんでね」

「久乃に替わってくれ。取引は、それからだ」

「いいだろう」

牙の声が途切れ、すぐに女の声に変わった。

「百面鬼さん、救《たす》けて！」

「すまねえ。必ず久乃を救けてやるよ。だから、気をしっかりと……」

「はい」

「久乃、そこはどこなんだ？」

「それは言えないの。ごめんなさい」

「刃物か何か突きつけられてるようだな？」

百面鬼が訊いた。

久乃は沈黙したままだった。ややあって、ふたたび牙の低い声が流れてきた。

「ドア・ポストの中に、こちらの要求書が入ってる」

「ドア・ポストって、どこのでえ？」

「通話時間を引き延ばして、逆探知するつもりだろうが、それは無駄なことだ」

「おれの居所を知ってやがるのか⁉」

「ああ、知ってるとも。そこは『渋谷レジデンス』の八〇五号室だな」

「あんた、仲間におれを尾行させてたんだなっ」

「そういうことさ。早く部屋のドア・ポストを覗《のぞ》け！」

男が命じて、電話を切った。

「松《まつ》、逆探知は？」

百面鬼が携帯電話の通話終了ボタンを押した。

「駄目でした」

「間抜け！　ドジ野郎がっ」

「無理っすよ。あんなに早く電話を切られちゃったんすから」

松丸が言い返す。

見城はイヤフォンを外すと、部屋の外に飛び出した。エレベーターホールや非常階段を検《しら》べてみたが、怪しい人影は見当たらなかった。見城は自分の部屋に駆け戻った。

すると、両手に白い手袋をした百面鬼が玄関マットの上で脅迫状を読んでいた。片手には薄茶の角封筒を持っている。

「わけがわかんねえな」

「脅迫状の内容は？」

見城は問いかけた。百面鬼が読み終えた脅迫状の文面を見城に向けた。

告

今夜九時までに野々村《ののむら》証券総務部長の木原哲晴《きはらてつはる》、五十一歳を拉致《らち》して、二人で中央自動車道の相模湖《さがみこ》I　C《インターチエンジ》下まで来い。そこで、次の指示を与える。

命令に従えば、木原と佐竹久乃を交換してやろう。木原の顔写真は同封しておく。九時を一分でも経過した場合は、人質の命は保証できない。せいぜい駆けずり回ってくれ。

脅迫文は手書きではなかった。パソコンで打たれていた。

百面鬼が脅迫状を四つに折り、角封筒の中から一葉《いちよう》のカラー写真を抓《つま》み出した。

見城は写真を覗《のぞ》き込んだ。縁なしの眼鏡をかけた実直そうな五十絡《がら》みの男が写っていた。やや粒子が粗《あら》い。隠し撮りされた写真だろう。

「百《どう》さん、写真の男に見覚えは？」

「まるっきりねえよ。木原って名にも記憶はねえな」

「そう。野々村証券っていえば、三大証券会社の一つだ。大手証券会社の総務部長に恨みを持ってる人間となると、まず頭に浮かぶのはブラックジャーナリストや野党派の総会屋だな」

見城は言った。

「証券会社によっては、顧客相談室長を兼務してる総務部長もいるみてえだぜ」

「とすると、株の売買で大損をした客が損失の穴埋めを巡って、木原と揉《も》めてた可能性もあるな」

「ああ。株で大損させられた一般投資家たちは誰もが怒ってるんじゃねえのか。大手証券会社がどこも十年以上も前から総会屋グループの代表に株主総会の仕切り役を頼んだ上に、それぞれ総会屋の株の損失を補ったり、関連会社のゴルフ会員権売買で甘い汁を吸わせてたんだから」

「総会屋への利益供与事件は大手証券会社に留《とど》まらず、都市銀行の暗部も浮き彫りにさせたよね」

「そうだったな。日本の大企業や銀行は総会屋やブラックジャーナリストどもを利用してる面もあるから、連中にいつまでも銭をたかられるんだよ。おれたちも似たようなことをやってるから、偉《えら》そうなことは言えねえけどさ」

百面鬼が自嘲《じちょう》した。

「おれたちは、狡猾《こうかつ》な悪人どもだけを強請《ゆす》ってる。金の亡者《もうじゃ》みたいな奴らとは、行動哲学が違うよ」

「まあな」

「どうする、百《どう》さん？　おそらく牙は、野々村証券の木原に何か恨みを持ってるんだろう。木原を引っさらって牙に渡したら、始末されることになるかもしれないよ」

「だろうな。木原って男にはなんの恨みもねえけど、久乃を救わなきゃならねえから……」

「わかった、協力するよ。で、どんな方法で木原哲晴を拉致する？」

見城は訊いた。

「警察手帳《チヨウメン》使って、うまく誘い出さあ」

「それじゃ、おれは百《どう》さんの車をこっそり追うことにしよう」

「よろしく頼むぜ。そうだ、ＢＭＷは使わねえほうがいいな」

「松ちゃんのワンボックスカーを借りるよ。いや、それも避けたほうがよさそうだな。牙の仲間が、きのうから、このマンションの近くでずっと張り込んでるだろうからね」

「そいつは考えられるな。そっちはどこかでレンタカーを借りて、先に野々村証券の本社の近くで待機してくれや」

「それはいいが、その前に木原が出社してるかどうか電話で確かめないとね」

「もちろん、そうするさ。それから、この脅迫状は新宿署の鑑識係に回して、指紋《モン》のチェックをさせらあ」

百面鬼が脅迫状と写真を角封筒に戻し、上着の内ポケットに突っ込んだ。

二人は事務フロアを兼ねた居間に戻った。すると、松丸がどちらにともなく問いかけてきた。

「敵は、どんな要求をしてきたんす？」

「人質の交換だよ」

見城はソファに腰かけ、詳《くわ》しい話をした。口を結ぶと、松丸が言葉を発した。

「百《どう》さんの覆面《メン》パトに電波発信器を付けて、おれの車で密《ひそ》かに後を尾《つ》けていきましょうよ」

「いや、それは危《ヤバ》い。この近くで敵の一味が、おそらく松ちゃんの車も見てるだろう」

「そうか」

「さっき百《どう》さんと段取りを決めたんだが、おれはレンタカーで覆面《メン》パトを追尾《ついび》することになったんだ」

「おれも見城さんと一緒に行ってもいいっすよ」

「きょうは、おれだけのほうが敵の目につきにくいだろう」

「そうかもしれないっすね」

「仕事をキャンセルさせてしまって、悪かったな」

見城は詫《わ》びて、盗聴器ハンターの肩を軽く叩《たた》いた。

「いいっすよ、どうってことないっす」

「何かで、きょうの穴埋めをしよう」

「そんなこと、気にしないでください。水臭《みずくさ》いっすよ」

　松丸が百面鬼の携帯電話からアタッチメントを外し、手製の電話逆探知機を抱《かか》え上げた。

　そのとき、百面鬼がぼそぼそと言った。

「おれも、松《まつ》に謝《あやま》らなきゃな。さっきはガキみてえだったよな、すまねえ」

「いいっすよ。かけがえのない女性が人質に取られてたら、誰だって気が立っちゃう。おれ、ちっとも気にしてないっすよ。それじゃ、二人とも気をつけて！」

　松丸が笑顔で言って、玄関に向かった。

「木原が会社にいるかどうか、ちょっと確かめてみらあ」

　百面鬼が携帯電話を手に取った。

　やくざ刑事は政治家の秘書になりすまして、木原総務部長が出社していることを確かめた。それを教えてくれたのは木原の部下らしい。

「そっちとは、いつか松が試作してくれたスポーツウォッチ型の特殊トランシーバーで交信し合おう。まだ持ってるよな？」

「ああ。後ろの机の引き出しの中に入ってるよ」

「そうか。松の奴、あの特殊トランシーバーの特許申請をすりゃいいのにな」

「松ちゃんは欲なしだから」

見城はロングピースに火を点けた。

「そうだな」

「十一時以降なら、出前をしてくれる洋食屋があるんだ。後で何か出前してもらおう」

「あまり食欲ねえな。見城ちゃん、それより夕方まで少し横になれや。きのうはおれにつき合ってくれて、ろくに寝てねえんだからさ。おれは、さっきの脅迫状を鑑識に回してから、どっかで昼寝すらあ。睡眠不足じゃ、牙と闘《たたか》えねえからな」

百面鬼が長椅子から立ち上がった。

見城は引き留《と》めなかった。百面鬼が辞去すると、すぐにベッドに潜《もぐ》り込んだ。

まどろみから醒《さ》めたのは二時過ぎだった。見城は洗面を済ませ、必要な物をポケットに詰めた。

行きつけのレストランでブランチを摂《と》り、自宅マンションの近くにあるレンタカー会社でオフブラックのカローラを借りる。見城は変装用の黒縁の眼鏡をかけて、日本橋《にほんばし》に車を走らせた。

野々村証券の本社ビルに着いたのは夕方の五時過ぎだった。

百面鬼は、まだ来ていないようだ。覆面パトカーはどこにも見えなかった。

見城はカローラを野々村証券本社ビルの表玄関のそばに駐《と》め、スポーツウォッチ型の特殊無線機を左手首に嵌《は》めた。竜頭《りゅうず》がトークボタンになっている。

見城は煙草を吹かしながら、退社する社員たちの姿をぼんやりと眺めはじめた。

どの社員たちも表情が冴《さ》えない。総会屋への利益供与事件で重役たちが何人も刑事責任を問われ、マスコミや世間からさんざん非難されたせいだろう。

四大証券の一つだった山一證券が廃業に追い込まれ、約七千五百名の社員が路頭に迷うこととなった。系列会社の経営も思わしくない。証券業務そのものが停滞ムードだ。

百面鬼のクラウンが目的のビルの前に停まったのは、六時半ごろだった。

すぐに特殊トランシーバーから声が流れてきた。

「見城ちゃん、聴《き》こえるか？」

「よく聴こえるよ。脅迫状から指紋《モン》は？」

「いくつか採取されたんだが、警察庁《サッチョウ》の指紋データベースの中に該当指紋は一つもなかった。牙って名乗ってる野郎は、きっと前科《ホシ》しょってるよ」

「そう言いきっていいのかな。最近は前科歴がなくたって、ほとんどの犯罪者が指紋には神経質になってる」

「それもそうだな。ところで、気になる車は？」

「いまのところは見当たらない。不審車が目に留《と》まったら、すぐに教えるよ」

「木原にはどう言って、相模湖ICまで連れ出すつもりなのかな?」

「ああ、頼むぜ」

見城は訊いた。

「ちょっといい考えが閃《ひらめ》いたんだ。相模湖の近くに住んでる大口投資家が野々村証券の営業活動に行きすぎがあることをマスコミにリークしかけたら、荒っぽい男たちに脅《おど》されたって話をでっち上げて、木原に事情聴取させてくれと……」

「うまくいくだろうか」

「荒っぽい男たちが木原部長に頼まれたって、大口投資家に言ったことにするよ。そうすりゃ、妙な疑いをかけられた木原は大口投資家に直《じか》に会って自分の潔白を証明したくなるだろう」

「百《どう》さん、そいつはちょっと考えが甘いんじゃない? 警察とは何も縁のない一般市民だって、被害者と被疑者を直《じか》には決して会わせないことぐらいは知ってるでしょ?」

「そうだな。見城ちゃん、何かいい手はねえか?」

「木原が怪しむ前に、当て身を見舞って気絶させるか、強引に手錠《ワッパ》掛けたら?」

「どっちかにすらあ。とにかく、久乃と木原を確保したら、敵を取っ捕まえよう」

「人質の交換の前に、牙を押さえられるといいんだが」

「もちろん、おれはその気でいるよ。バックアップ、頼むぜ」

百面鬼が交信を打ち切り、覆面パトカーから降りた。

見城は百面鬼が野々村証券本社ビルの中に入ったのを見届けてから、ロングピースをパッケージから振り出した。

3

小仏《こぼとけ》トンネルに入った。

午後八時二十分過ぎだった。見城は一定の車間距離を保《たも》ちながら、百面鬼が運転するクラウンを追尾《ついび》していた。

木原は助手席に坐っていた。別段、百面鬼を怪しんでいる様子はない。やくざ刑事の作り話をてんから信じているのだろう。

見城はカローラのステアリングを操《あやつ》りながら、またミラーに目を向けた。

依然として、気になる車は見当たらない。どうやら牙は、見城のことはさほど気にも留めていないようだ。

クラウンがトンネルを抜けた。

見城は少し車間距離を詰めた。トンネル内の照明は明るいが、外はやや暗い。覆面パトカーを常に視界に入れておきたかったのだ。

ほどなくカローラもトンネルを出た。

緩《ゆる》やかなカーブを走り抜けると、相模湖東出口の灯《ひ》が見えてきた。相模湖ＩＣは数キロ先にある。

やがて、左手の眼下に相模湖畔の灯影《ほかげ》が見えてきた。暗すぎて、湖面は判然としなかった。

少し経つと、覆面パトカーが左のレーンに移った。目的のＩＣまで、もう一キロ弱だ。カローラも左車線に入る。

覆面パトカーはスロープをゆっくりと下《くだ》り、相模湖ＩＣの料金徴収所に向かった。

見城は徐行運転しながら、念のため窓の外に視線を向けた。やはり、怪しい車は視界には入ってこなかった。

百面鬼の車は一般道に下《お》りると、間もなく路肩《ろかた》に寄った。見城はわざと覆面パトカーを追い越し、七、八十メートル先のガードレールの際《きわ》にカローラを停めた。

八時四十一分過ぎだった。

見城はロングピースに火を点けた。牙は、この近くにいるのか。車の周《まわ》りを検《しら》べてみたい衝動に駆《か》られたが、すぐに思い留《とど》まった。

時間の流れが妙に遅い。一分が五分にも感じられた。

スポーツウォッチ型の特殊小型無線機から音声が響いてきたのは、九時五分前だった。

「おれだよ、見城ちゃん」

「牙から次の指示があったのかな？」

「いや、それはまだだ。木原がなんか怪しみはじめてるようなんで、当て身を喰らわせて前手錠を掛けたんだよ」

「木原にはどう言って、会社から連れ出したの？」

「もっともらしい作り話が思い浮かばなかったんで、最初のシナリオを使ったんだ。そっちが言ってたように、やっぱり木原は訝《いぶか》りはじめた」

「息を吹き返したら、騒ぐだろうな」

「けど、両手に輪《わ》っか嵌《は》められてるわけだから、逃げるに逃げられねえさ」

「百《どう》さん、木原があまり騒ぐようなら、事情を説明して協力を求めたほうがいいよ。犯人側に木原を引き渡す振りはするが、必ず身の安全は保障するって言えば、多分、協力してくれるだろう」

「そうすらあ」

百面鬼が答えたとき、携帯電話の着信音が響いてきた。発信者は牙だろう。

二人は交信を切り上げた。

見城は百面鬼からのコールを待った。二分ほど過ぎると、コールがあった。

「牙からの電話だったよ。甲州街道に出て、藤野町《ふじの》（現・相模原市緑区《さがみはらみどり》）で左折して四一三号線まで下《くだ》れと指示しやがった。それから、山中湖《やまなかこ》方面に道なりに進めってよ」

「敵は近くにいるんだろうな」

「そいつは間違いねえよ。牙は助手席に木原が坐ってることを知ってたからな。おそらく牙の仲間が、東京からおれの車を尾行してきたんだろう」

「しかし、それらしい車は目につかなかったな。きっと相模湖ＩＣのそばで張り込んでたにちがいない」

「そうかもしれねえな」

「牙は、どこに久乃さんがいるかは教えてくれなかったんだね？」

「ああ。しつこく訊いたんだが、監禁場所は教えてくれなかった。けど、木原をおとなしく渡せば、久乃は解放すると言ってたよ」

「そう。山中湖方面に進めって指示だから、久乃さんは別荘かどこかに監禁されてるのかもしれないな」

「おれも、そう見当をつけてるんだ。見城ちゃん、なんとか尾行の車を見つけ出してくれ。車に乗ってる奴を弾除《たまよ》けにして、牙に迫ろうや」

「了解！　それはそうと、木原は？」

「電話を切ったときに息を吹き返したんで、また当て身を喰らわせたんだ。今度意識を取り戻したら、ほんとのことを話すよ」

「そのほうがいいね」

「しばらく交信は控えよう」

百面鬼の声が途絶《とだ》えた。

見城は深呼吸した。緊張感が少しほぐれた。

覆面パトカーがカローラの横を走り抜けていった。見城は目を凝《こ》らした。

脇道《わきみち》から、一台の黒いワンボックスカーが走り出てきた。その車は覆面パトカーのすぐ後ろに迫った。

見城はカローラを発進させた。かなり車間を取って、ワンボックスカーに後続する。

甲州街道から藤野町に入ると、ワンボックスカーはあっさり覆面パトカーを追い越していった。尾行の車ではないらしい。早合点だったのだろう。

見城は苦笑した。神奈川《かながわ》カントリークラブと相模湖カントリークラブの間を抜け、国道四一三号線まで下《くだ》る。

四一三号線に入って間もなく、林道から滑《すべ》り出てきたワンボックスカーが覆面パトカーのクラウンとの間に割り込んだ。さきほどの黒いワンボックスカーだった。

やはり牙の仲間の車だったのか。

見城は、前走車のナンバーを頭に刻みつけた。

ナンバーから車の所有者は造作《ぞうさ》なくわかるが、それで敵の正体を割り出せるとは限らない。犯行に盗難車が使われるケースは年ごとに増えている。犯罪歴のある者なら、まず自分の車は犯行に使用しない。

前を行く黒いワンボックスカーの運転者が牙の仲間なら、おおかたどこかで盗んだ車だろう。ワンボックスカーのウインドーには、目隠しシールが貼《は》ってあった。

車内の様子はうかがえない。ドライバーだけしか乗っていないのか。それとも、幾人か同乗者がいるのだろうか。

道志村《どうし》に入ると、車の量はめっきり少なくなった。この季節には山中湖の行楽客もあまりいないのだろう。別荘に出かける者たちも少ないはずだ。

覆面パトカーは、それほどスピードを出していない。ワンボックスカーは焦《じ》れることもなく、同じような速度で進んでいる。

クラウンを追い越す気なら、いつでも追い越せる。それをしないのは、覆面パトカーを監視しつづけたいからだろう。

やはり、前の車を運転している男は牙の仲間にちがいない。

見城は確信を深めた。覆面パトカーは山中湖の少し手前で、右に折れた。黒いワンボックスカーも右折する。

見城はいったん減速し、二台の車をレンタカーで追った。すぐにワンボックスカーを追うと、尾行を覚《さと》られる心配があったからだ。

未舗装の道の両側は、雑木林《ぞうきばやし》だった。別荘も民家も見当たらない。

見城はパワーウインドーを少し下げた。刃《やいば》のような寒気が車内に忍び込んでくる。耳を澄《す》ますと、前走の二台のエンジン音がはっきりと聞こえた。

二台とも低速で走っている。見城はヘッドライトを消し、カローラを徐行させはじめた。

数分後、クラウンとワンボックスカーのエンジンが相前後して切られた。

見城はカローラを杣道《そまみち》のような小径《こみち》に入れ、素早くエンジンを切った。そっと車を降り、中腰で前進しはじめる。

ワンボックスカーが見えてきた。

見城は忍び寄った。車内には誰もいなかった。前の覆面パトカーにも、百面鬼や木原の姿はない。

見城は足音を殺しながら、前に進んだ。

百メートルほど歩くと、左側の奥まった場所に八棟ほど丸太小屋《ログハウス》が並んでいた。貸山荘《ロッジ》だろう。ログハウスの一つに、灯火が揺れている。電灯ではなく、ランプの明かりのようだった。

見城は抜き足で、明るいログハウスに近づいた。

そのとき、ログハウスの中から男の凄《すさ》まじい悲鳴が響いてきた。人の倒れる音もした。

百面鬼の悲鳴ではなかった。木原の声だろう。

ログハウスのポーチから、百面鬼が飛び出してきた。そう思ったのは目の錯覚だった。

顔立ちや体型は百面鬼によく似ていたが、明らかに別人だ。百面鬼に化けて、弁護士の馬場を殺害した犯人かもしれない。

「牙と名乗ったのはおまえなのかっ」

見城は、剃髪頭《スキンヘッド》の男の前に回り込んだ。

男は不敵に笑うと、腰の後ろから何か摑み出した。いくつも刃のある手投げナイフだった。

「コンゴの人喰い牙《フンガ・ムンガ》をモデルにして、自分で造《つく》ったようだな」

「失《う》せろ！」

「それと同じ手投げナイフを木原に投げつけたんだなっ。新宿署の旦那と人質の佐竹久乃はどこにいるんだ？」

見城は訊いた。

返事の代わりに、奇妙な形をした手投げナイフが飛んできた。見城は横に跳《と》んだ。手投げナイフはフリスビーのように宙を泳ぎ、後ろの樹木の幹に突き刺さった。

見城は高く飛翔《ひしょう》した。空気が躍《おど》った。

敵の顔面に横蹴《よこげ》りを入れる。男が後ろに引っくり返った。

見城は踏み込んで、上体を起こしかけた男の喉笛《のどぶえ》を蹴った。軟骨が鳴った。

男が前屈《まえかが》みになった。

見城は、もう一度前蹴りを放つ気になった。足を飛ばしかけたとき、男がベルトの下に差し込んであった拳銃《けんじゅう》を引き抜いた。

ニューナンブM60だった。百面鬼のリボルバーだろう。

見城は男の右手首を蹴りつけた。

拳銃が地べたに落ちた。男が拳銃に手を伸ばす。

すかさず見城は相手の手の甲を踏みつけ、頭頂部に肘打《ひじう》ちを浴びせた。

男が唸《うな》りながら、見城の軸足《じくあし》を払った。

見城は体のバランスを崩し、地に転がった。すぐにニューナンブM60を摑んだ。

男が獣のように数メートル這《は》い、雑木林の中に逃げ込んだ。

見城は起き上がって、すぐさま追った。

男は巧《たく》みに樹間を縫《ぬ》いながら、遠のいていった。見城は、どこまでも男を追って取っ捕まえたかった。しかし、百面鬼の安否《あんぴ》が気がかりだった。

見城は追跡を諦《あきら》め、ログハウスの方に引き返した。

ログハウスの中に躍り込むと、薬品と鮮血の臭《にお》いがした。奥の床に百面鬼が倒れていた。

俯《うつぶ》せだった。右手には、血糊《ちのり》の付着したインディアン・トマホークを握らされている。

百面鬼の向こう側には、顔面を潰《つぶ》された木原が倒れていた。すでに生きてはいなかった。

「百《どう》さん、百さん！」

見城は相棒の体を揺り動かした。

だが、百面鬼は意識を取り戻さない。おそらく逃げた男にクロロホルムか、エーテルを嗅《か》がされたのだろう。

人質はどうしたのか。見城は床からランタンを持ち上げ、奥の寝室に歩《ほ》を運んだ。すると、ベッドの上に両手と両足を電気コードで縛られた三十一、二歳の女が転がされていた。

口には、スポーツタオルを嚙《か》まされている。楚々《そそ》とした美人だ。

女は見城の右手の拳銃を見て、怯《おび》えた顔つきになった。見城はニューナンブM60をベルトの下に差し込み、穏《おだ》やかに話しかけた。

「おれは百《どう》さんの友人なんだ。佐竹久乃さんでしょ？」

「………」

女が目顔《めがお》でうなずいた。見城はランタンを足許《あしもと》に置き、ベッドに歩み寄った。

スポーツタオルを外してやると、久乃が問いかけてきた。

「もしかしたら、あなたは見城さんではありませんか？」

「そうだよ。きみのことは、よく百《どう》さんから聞かされてた」

「わたしも彼から、見城さんの話をうかがっていました。百面鬼さんは無事なのでしょうか？」

「ああ、大丈夫だよ。逃げた男に麻酔薬を嗅《か》がされたらしくて、意識はないけどね」

見城は言いながら、久乃の縛《いまし》めを手早く解《と》いた。

久乃が礼を言って、身を起こした。彼女のパンプスはベッドの下にあった。しかし、久乃はストッキングのままで寝室を走り出た。

見城は、彼女を追った。

「いやーっ！」

久乃が惨状《さんじよう》を見て、悲鳴をあげた。

「見ないほうがいい」

「血塗《まみ》れの男性は誰なんですか？」

「野々村証券の木原という総務部長だよ」

「まさか百面鬼さんが、あの斧《おの》で……」

「それは考えられないね。逃げた奴がトマホークで木原を殺して、百《どう》さんの犯行に見せかけようと細工を弄《ろう》したにちがいない」

「ええ、そうですよね。刑事の彼が人殺しをするはずないもの」

「佐竹さんを拉致したのは、逃げた奴だったんだね？」

見城は訊いた。

「ええ、そうです。フラワーデザイン教室の戸締まりをしてるとき、いきなり後ろから組みつかれて、湿った布を顔に押しつけられたんです」

「意識を取り戻したときは、さっきのベッドの上だったの？」

「いいえ、違います。最初に意識を取り戻したのはホテルか、マンションの一室でした。両手を縛られて目隠しをされていましたので、どちらかはっきりしませんけど、靴を脱がなくてもいい部屋であることは確かです」

「そこから、佐竹さんをこのログハウスに連れてきたのは牙と名乗った百《どう》さんに電話をかけた男なんだね？」

「はい、そうです」

「そいつの特徴は？」

「顔は一度も見てないんです。監禁されてる間、ずっと目隠しされていたんですよ」

「しかし、男の声は聞いてるし、嗅覚《きゅうかく》も失ったわけじゃないよね。何か特徴を憶えてるでしょ？」

「牙は、そう若くないと思います。声から察すると、四十代の後半かもしれません」

「整髪料はきつくなかった？」

「髪の毛には何もつけていないようでした」

　久乃が答えた。

「体臭はどうだった？」

「特に強くは臭《にお》いませんでした。ただ、少し癖《くせ》のある臭いのする煙草を喫《す》ってましたね」

「百《どう》さんが愛煙している葉煙草《シガリロ》よりも、臭いに癖があった？」

「ええ、もっと強烈な臭いでした」

「そのほか何か？」

「ほかには特に……」

「そう。佐竹さんを拉致した体格のいい男は、見張りを務めてたんだね？」

「ええ。牙にお金で雇《やと》われてるんだと思いますけど、荒っぽい喋《しゃべ》り方はしませんでしたね。特に牙に電話で連絡をとるときなんかは、丁寧《ていねい》な話し方をしていました。軍隊調というのでしょうか」

「牙は、逃げた男の上司なのかもしれないな」

「そんな感じでしたね。なぜ、百面鬼さんは人殺しの濡衣《ぬれぎぬ》を着せられそうになったんでしょう？」

「それが謎《なぞ》なんだ。とにかく、百《どう》さんをこのままにしておくのはまずいな」

見城はハンカチを取り出し、インディアン・トマホークの柄《え》を百面鬼の手から離した。柄に付着した指紋をきれいに拭《ぬぐ》ってから、百面鬼を摑み起こした。

「ちょっと百《どう》さんの体を支《ささ》えててくれないか」

「はい」

久乃が言われた通りにした。

見城は腰を落とし、百面鬼を背負った。かなり重い。気合いを発して、一気に立ち上がる。

「ひとまず、ここを出よう。佐竹さんは自分の靴を取ってきてくれないか」

「はい」

久乃が寝室に走っていく。

見城は百面鬼の体を揺すり上げ、一歩ずつ足を踏みだした。

4

ニュースが終わった。

見城はテレビの電源を切った。午後二時過ぎだった。事務所を兼ねた自宅マンションの居間である。

前夜、山中湖畔のログハウスで殺害された木原哲晴のことは報じられなかった。まだ死体は発見されていないらしい。

犯人が林道に置き去りにした黒いワンボックスカーは、やはり盗難車だった。正午前に陸運局に問い合わせて、車の所有者を割り出したのだ。

ワンボックスカーの所有者は、有名デパートの若手社員だった。ファミリーレストランの駐車場に駐《と》めてあった車を盗まれたのは、もう五日も前のことらしい。

弁護士の馬場と野々村証券の木原は、百面鬼に背恰好《かっこう》のよく似た男にインディアン・トマホークで殺されている。被害者の二人には何か接点がありそうだ。

見城はそう考えながら、冷めたコーヒーを飲み干した。

マグカップをコーヒーテーブルに戻したとき、玄関で物音がした。インターフォンを鳴らさずに勝手にドアを開けるのは、百面鬼ぐらいのものだ。

見城は長椅子から立ち上がらなかった。

数秒後、百面鬼がのっそりと居間に入ってきた。茶系のスリーピース姿だった。

「きのうはありがとよ。おかげで木原殺しの濡衣を着せられずに済んだし、ニューナンブM60も無事だった。そんなことより、久乃を救い出してくれてありがとな。礼を言うぜ」

「礼だなんて、水臭いな」

「久乃が見城ちゃんによろしく伝えてくれって言ってたよ」

「そう。とりあえず、坐ってよ」

見城はソファを手で示した。百面鬼がうなずき、ソファにどっかと腰を下ろした。

「コーヒー、どう？」

「いや、いいよ。ここに来る前に、新宿署《カイシャ》に顔を出したんだ。それで捜査本部に潜《もぐ》り込んで、捜査資料を覗《のぞ》いてきた。馬場と木原に何か共通点があるんじゃねえかと思ってさ」

「おれも、少し前にそれを考えてたんだよ。で、どうだった？」

「馬場の交友関係のリストに、木原の名は載ってなかったよ。おそらく二人は一面識もなかったんだろう」

「そうなのか。何か繋がりがあると思ってたんだがな」

見城はロングピースをくわえた。

「まるっきり共通点がねえわけでもねえんだ。最初に殺された馬場も証券会社と関わりがあったんだよ。捜査本部の調べで、馬場が三大証券会社の一つの大光《だいこう》証券の陰の顧問弁護士だったことがわかったんだ」

「陰の顧問弁護士？」

「ああ。大光証券は二人の大物弁護士を顧問にしてるらしいんだが、そいつらは対外的なはったりとして雇《やと》われてるんだ。もっぱら法律上のトラブルは、非公式に抱えてる馬場弁護士が処理してたようだな」

「そうだったのか。となると、馬場は大光証券のトラブルで顧客に恨まれてた可能性もあるな」

「そいつも調べてきたよ。先々月の下旬、馬場は大光証券の得意客に帰宅途中、切り出しナイフで刺されそうになったようだ」

「その客は、なぜ馬場を恨むことに？」

「そいつは小さな鉄工所を経営している四十六歳の男なんだが、大光証券の営業マンの口車に乗せられて、株で約二億円の損失を出したんだってよ」

「よくある話だな」

「ああ」

百面鬼が葉煙草《シガリロ》に火を点けた。逆に見城は煙草の火を消し、やくざ刑事に顔を向けた。

「その鉄工所の社長は、株で損した分を返せって大光証券に捩込《ねじこ》んだんでしょ？」

「そうなんだよ。社長は赤堀邦雄《あかぼりくにお》って名なんだが、赤堀は連日のように大光証券の本社に押しかけて、『株の損失を補塡《ほてん》してくれなかったら、担当営業マンと会社を詐欺《さぎ》罪で告訴してやる』って、騒ぎたててたそうなんだ」

「困り果てた会社は、陰の顧問弁護士に泣きついたってわけだ？」

「そう。馬場は赤堀と会って、『いつまでも騒ぎたてるつもりなら、逆に恐喝罪《きょうかつざい》で訴えますよ』と脅したらしい。それで頭にきた赤堀が馬場の自宅の近くで待ち伏せして、ナイフを振り翳《かざ》して襲いかかった。けど、馬場に鞄《かばん》で切り出しナイフを叩き落とされて、捩伏《ねじふ》せられちまったんだよ」

「締まらない話だな。で、赤堀という男はどうなったの？」

「現在、未決囚として、東京拘置所に収監中だよ。準大手の東洋《とうよう》証券から損失の穴埋めってことで五百万を脅し取ったことがはっきりしてるから、実刑判決を免《まぬが》れねえだろうな」

「その赤堀が牙と繋がってるとは思えないな、ただの勘《かん》なんだが」

「おれも、そう思うよ。赤堀は、馬場殺しにゃ関与してねえさ。ただ、馬場が大光証券の別の客からも恨まれてたことは考えられるよな」

　百面鬼がそう言い、口の端《はし》から葉煙草の煙を吐き出した。

「捜査本部は当然、そのあたりのことも調べ上げてるんだろう？」

「多分な。捜査資料を盗み読みし終わらないうちに、調査本部《チョウバ》に桜田門《さくらだもん》の捜査員どもが戻ってきやがったんだ」

「そういえば、百《どう》さんの馬場殺しの容疑は？」

「一応、被疑者リストからは外れたようだな。署を出るとき、広瀬と水谷の尾行はされてなかったから」

「それは、よかったね」

見城は言った。

「まだ安心できねえよ。昨夜《ゆうべ》も、あんなことがあったんだ。牙の野郎は何が何でも、このおれを人殺しに仕立て上げてえんだろう」

「そうなのかもしれないな。きのう、ログハウスで久乃さんから聞いた話だと、牙は四十代の後半ぐらいで、臭いに癖のある煙草を喫《す》ってたらしいんだ」

「その話は、おれも久乃から聞いたよ。けど、それだけの手がかりじゃな」

「確かに、見当はつけにくいね」

「ああ。馬場、中町、木原を殺《や》った実行犯は、おれにクロロホルムを嗅がせた野郎に間違いねえだろう。奴はインディアン・トマホークを使っただけじゃなく、逃げるときに見城ちゃんに刃の多い手投げナイフを放ったんだから」

「実行犯は、あの男だろうな」

「おれに顔つきや体型がよく似てたって？　おれは奴の面《つら》をちゃんと見てねえんだよ。牙に電話で指示された通りに、ログハウスに木原を先に押し込んだとき、後ろから薬品臭い湿った布で口許《くちもと》を塞《ふさ》がれたんでな」

「よく似てたよ。ログハウスの前で顔を合わせたとき、一瞬、百《どう》さんかと思ったくらいだからね」

「そうか。この世には、自分に似た人間が三人はいるって言うが、ちっとも嬉《うれ》しかねえな」

百面鬼が厭《いや》な顔をして、葉煙草《シガリロ》の火を消した。

「腹立たしい気持ちだろうが、ほんとによく似てたよ。腕のいいメイクアップ・アーティストなら、ちょっとした化粧で奴を百《どう》さんそっくりにできるだろう」

「くそったれが。おれは芸能人じゃねえんだ。そっくりさんがいても、嬉しかねえや」

「だろうね。それはそうと、佐竹さんをしばらくホテルか、リースマンションに住まわせたほうがいいと思うな」

「もう手配済みだよ。今夜から、久乃と一緒に四谷《よつや》のホテルに泊まることにしたんだ」

「それなら、安心だな」

「見城ちゃんも当分、里沙ちゃんのマンションに泊まったほうがいいんじゃねえか。ここは、もう敵に知られちまったからさ」

「おれが尻尾《しっぽ》を巻いて逃げ出すとでも思ってるの？　冗談じゃない。敵がここにやってきたら、迎え撃ってやる！」

見城は力《りき》んで言った。

「そっちは弱っちい男じゃねえが、おれに似た野郎もちょっと手強《てごわ》いぜ。なんなら、おれがここに泊まってやろうか？　ベッドで添い寝ってわけにはいかねえけどな」

「せっかくだが、遠慮しておくよ。百《どう》さんの鼾《いびき》で、とても眠れそうもないからな」

「深酒《ふかざけ》しなきゃ、そんなに鼾はすごくねえと思うが……」

「佐竹さんがそう言ってた？」

「まあな」

百面鬼が照れた。サングラスの奥の鋭い目は、すっかり和《なご》んでいた。

笑うと、意外に愛嬌《あいきよう》のある顔になる。それを他人に見られたくなくて、悪党刑事はいつもサングラスをかけているのだろう。

「百《どう》さん、話を戻すよ。馬場と木原には証券会社という共通点があるわけだが、そこから何か見えてこない？」

「木原が野々村証券の総務部長だったことを考えると、二人の被害者《マルガイ》は裏事件師に恨まれてたんじゃねえかな」

「ブラックジャーナリストか、総会屋の類《たぐい》だね？」

「そう。どっちにしても、野々村証券と大光証券から絶縁宣言されたんだろう。裏事件師たちといつまでもつき合ってたら、そのこと自体が恐喝材料になっちまうからな」

「そうなんだろうか。商法改正後、大企業の多くはブラックジャーナリストや総会屋たちと縁を切ろうと努力してるよね。しかし、実際に厄介《やっかい》な連中を閉め出せた企業はそれほど多くない」

「どんな企業にも、後ろ暗いところがあるからな。贈賄や大口脱税だけじゃなく、産業スパイ活動や役員たちの女性関係のスキャンダルもある。そんな暗部や不正を表沙汰《おもてざた》にされたら、企業のイメージは汚れちまう」

「そうなんだが、裏社会の連中ときっぱり縁を切るなんてことは、現実にはきわめて難しいでしょ？　表向きは当社はブラックジャーナリストや総会屋たちとは絶縁しましたなんて発表していても、裏では相変わらず黒い交際をつづけてるケースがほとんどなんじゃないかな」

見城は言った。

「そうだろうな。馬場と木原は、暴力団系の野党総会屋を怒らせちまったんじゃねえの？」

「株主総会荒らしをやってる野党総会屋と企業の番犬の与党総会屋も裏で手を組んで、茶番を演じてることが多い。与党総会屋の中には、マッチ・ポンプ屋もいる」

「そうだな。代紋《だいもん》ちらつかせた野党総会屋が企業を揺さぶっても、たいてい裏取引が成立してるよな」

「ああ。おれは与党総会屋たちが株の利益供与事件で、去年の下半期に大物が三人も逮捕《パク》られたことが何となく気になるんだ」

「三人の大物総会屋のうちの誰かが、自分たちの利益供与を証券会社側がマスコミか東京地検特捜部にリークしたと考えて、仕返しした？」

「ひょっとしたらね。さっきの話と矛盾《むじゅん》するようだが、企業もいずれは総会屋たちを閉め出さなきゃならない。そこで野々村証券と大光証券は株取引で利益供与を要求しつづけていた大物総会屋を斬《き》ることにしたんじゃないの」

「なるほどな」

百面鬼が腕を組んだ。

昨秋に相次《あいつ》いで逮捕された大物総会屋は、池上悠《いけがみゆう》、金井弘幸《かないひろゆき》、神保数馬《じんぼかずま》の三人である。揃《そろ》って、野々村など三大証券会社の株主だ。三人はそれぞれ各証券会社の取引銀行や関連企業から株の購入資金を数十億円単位で引き出し、優良株を十数年前から買い漁《あさ》っていた。

株で損失が出た場合は、三人とも半《なか》ば強制的に補填《ほてん》させていた。そればかりでなく、各証券会社関連のゴルフ会員権販売会社の会員権の売買でも相当な利益を上げていた。

大物総会屋たちは現在、東京拘置所に収監されている。

「百《どう》さん、本庁の捜査（現・組対）四課が馬場の事件で三人の大物総会屋をマークしてるかどうか探《さぐ》りを入れてもらえる？」

「ああ、いいよ」

「よろしくね。おれは業界記者にでも化けて野々村証券に行き、木原総務部長の周辺の人間に会ってみるよ」

見城は言って、ロングピースに火を点けた。

そのすぐ後、百面鬼の携帯電話が懐《ふところ》で鳴った。携帯電話を耳に当てたとたん、やくざ刑事の顔が険《けわ》しくなった。

牙からの電話だろう。見城は、そう直感した。

百面鬼は電話の相手に怒鳴《どな》りはじめたが、すぐに舌打ちした。電話を切られてしまったらしい。

「牙だね？」

「ああ。悪運の強い奴だとせせら笑って、まだまだおれを苦しめてやると言いやがった。くそっ、いまに正体を暴《あば》いてやる！」

「百《どう》さんに、かなり恨みがあるようだな」

「そうなんだろうが、やり方が陰険《いんけん》すぎらあ。おれが憎いんだったら、堂々と真っ正面からぶつかってこいってんだ」

「多分、根は臆病《おくびょう》な奴なんだろう」

見城は言った。

百面鬼が、ごっつい拳《こぶし》でコーヒーテーブルを叩いた。怒りで、拳は震えていた。

第三章　ハイエナの影

1

部屋のインターフォンが鳴った。

百面鬼が辞去して数十分後だった。見城は洗面所で、顔にシェーバーを当てていた。あらかた髭《ひげ》は剃《そ》り終えていた。

ふたたびインターフォンが鳴り響いた。敵の奇襲か。

見城は、いくらか緊張した。抜き足で玄関まで歩き、ドアスコープを覗《のぞ》く。来訪者は唐津誠だった。小さな紙袋を手にしている。

見城はドアを開けて、旧知の新聞記者を笑顔で迎えた。

「ちょっといいかな」

「これ、肉まんなんだ。一緒に喰《く》おう」

「ええ、どうぞ」

唐津が紙袋を差し出した。

見城は手土産《てみやげ》を遠慮なく受け取り、唐津を居間のソファに坐《すわ》らせた。手早く緑茶を淹《い》れ、貰《もら》った手土産の紙袋を裂《さ》いた。肉まんは四個だった。

「熱いうちに喰おう。二個ずつだぜ」

唐津が真顔《まがお》で言って、すぐに肉まんを頬張《ほおば》りはじめた。取材で駆けずり回っていて、昼食を摂《と》り損《そこ》なってしまったのだろう。

見城も肉まんに手を伸ばした。食べはじめる。味は悪くなかった。唐津は黙々と二個の肉まんを平らげると、満足げな顔で茶を啜《すす》った。

「だいぶ腹が空《す》いてたようですね?」

「ああ。きょうは昼飯を掻《か》き込む時間がなかったんだよ。見城君、昼飯は?」

「冷凍ピラフを喰いました」

「なら、いいかな」

「え?」

「おたくの残りの肉まん、貰っちゃっていいかって意味だよ」

「どうぞ、どうぞ」

見城は、自分の分を勧《すす》めた。

唐津はきまり悪そうな顔で、肉まんを摑《つか》み上げた。

見城はロングピースをくわえ、紫煙《しえん》をくゆらせはじめた。半分も喫《す》わないうちに、唐津は肉まんを胃袋に収めた。

「ふうーっ、喰った、喰った。余《よ》は満足じゃ」

「なんの取材だったんです？」

「ま、いいじゃないか。それより、おたくに頼まれてたことだが、馬場弁護士と極友会浜尾組の中町に接点はなかったよ」

「そうですか」

「社の若い記者の取材メモを読ませてもらったんだが、馬場秀人はけっこう苦労人だったんだな」

「苦労人？」

「そう。馬場は三十代の半ばまで、熱血型の弁護士だったんだよ」

「意外だな」

「馬場は、生まれつき心臓に欠陥のあった娘のために生き方を変えたんだよ。彼のひとり娘はアメリカの大病院で大手術を受けて健康になったんだが、その手術費が一億以上もかかったらしいんだ」

「手術費用を捻出《ねんしゅつ》したくて、馬場は金になる民事訴訟の弁護を引き受けるようになったわけか」

「そうなんだよ。そのときから、金の魔力に取り憑《つ》かれてしまったんだろうな。馬場は積極的に不動産関係や資産家の遺産相続のトラブルの弁護を引き受けて、まとまった成功報酬を得るようになった」

唐津が言葉を切り、ハイライトに火を点《つ》けた。

「そうこうしてるうちに、馬場の正義感は次第に薄れ、多額の成功報酬を追うだけの弁護士に成り下がってた。そうなんでしょ？」

「実際、そうだったらしいよ。馬場は自分が引き受けた裁判に勝つためには、かなり汚い手口も使ったようだな。おかげで、どの訴訟にも敗《ま》けることはなかった。そうなれば、当然、依頼は増えることになる」

「で、馬場は暴力団の幹部や悪質なブローカーたちの弁護を引き受け、ついには大光証券の陰の顧問弁護士にまでなった。そうなんでしょう？」

「よく知ってるね。馬場が大光証券の陰の法律コンサルタントをやってたことは、どのマスコミにも伏せられてたんだが……」

「百《どう》さんから仕入れた情報ですよ。それはそうと、なぜ馬場の陰の仕事はマスコミに伏せられたんです？　外部から圧力がかかったのかな」

「マスコミ各社に圧力《アツ》がかかったことは確かなんだが、肝心《かんじん》の人物の名がはっきりしないらしいんだ。政府筋からの圧力だと思うよ」

「多分、そうなんでしょうね」

見城は言って、短くなった煙草の火を灰皿の底で揉《も》み消した。

「それはともかく、馬場は大光証券で大物総会屋たちとのパイプ役を務《つと》めてたらしい。昨年の秋に相次いで逮捕された池上、金井、神保の三人とは夏前まで、銀座《ぎんざ》の超高級クラブでよく飲んでたそうだ。ところが、急に交際が途絶《とだ》えたっていうんだよ」

「利害がぶつかって、仲違《なかたが》いしたんだろうか」

「そう考えてもいいかもしれないな。つき合いが途切れた数カ月後に、三人の大物総会屋が次々に逮捕されたからね」

「つまり、馬場は大光証券に大物総会屋たちを斬《き》ってくれと頼まれて、池上悠たちの利益供与の件を東京地検あたりにリークしたということですね？」

「その可能性もあるだろうな。池上たち三人は三大証券会社から、それぞれ巨額の損失補《ほ》塡《てん》をさせてたわけだからね」

　唐津が煙草の火を消し、茶を飲んだ。

「三大証券の中で、利益供与額が高いのは野々村証券と大光証券だな」

「野々村証券といえば、二時間ほど前に、総務部長の木原哲晴の他殺死体が山中湖畔のログハウスの中で発見されたよ」

「ほんとですか⁉」

　見城は驚いてみせた。

「死体を発見したのは、貸ロッジの管理人だって話だったな。野々村証券の木原部長は、馬場弁護士と同じようにインディアン・トマホークで一撃されてたそうだよ」

「ということは、二人を殺《や》った奴は同一人物の可能性がありますね」

「おそらく、同じ人間の犯行《ヤマ》だろうな。そいつに二人の殺人指令を出したのは、池上、金井、神保の三人のうちの誰かと睨《にら》んでるんだが、おたくはどう思う？」

「その疑いは濃いでしょうね。馬場が野々村証券の木原総務部長に共闘を呼びかけて、三人の大物総会屋の閉め出しを計《し》ったのかもしれないな。いつまでも池上たちに甘い顔を見せてたら、それこそ両社は骨の髄《ずい》まで、しゃぶられることになりますから」

「ひょっとしたら、三大証券会社が共同戦線を張る気になったのかもしれないぞ。いや、準大手の五社も加わって、証券業界が一丸となって総会屋に対抗する気になったとも考えられるな」

「そうだったとしたら、もっと犠牲者が出ることになりそうだな」

「ああ、おそらくね」

唐津がそう言い、またハイライトに火を点けた。

馬場たちを剃髪頭《スキンヘッド》の男に葬《ほうむ》らせたのが三人の大物総会屋のひとりだとしたら、少々、腑《ふ》に落ちない点がある。百面鬼は、三人の誰とも一面識もないはずだ。

また、牙が大物総会屋のひとりとも考えられない。収監中の三人は電話をかけることはできない。牙は、大物総会屋の誰かの命令で動いているのだろうか。

見城は緑茶を口に含んだ。煙草のパッケージを摑み上げたとき、唐津が言った。

「百面鬼の旦那《だんな》は、三人の誰かに恨まれてるんじゃないのかね？」

「それはないと思うな。百《どう》さんは大物総会屋の誰とも会ってないはずですよ」

「そうなのかな。あの旦那は怖《こわ》いもの知らずだから、総会屋たちの誰かを何かで怒らせたんじゃないかと推測したんだが……」

「それはないでしょう」

「となると、妙だな。いくら性質《たち》の悪い裏事件師どもでも、会ったこともない百面鬼の旦那を陥れようとは考えないだろう？」

「そうでしょうね」

「馬場や木原を始末させたのは、収監中の三人の総会屋じゃないのかもしれないな」

「唐津さん、ほかに誰か考えられませんか？」

見城はロングピースに火を点けた。

「すぐに思い浮かぶ人物はいないな。おたくは、どうなんだ？」

「誰も思い浮かばないから、訊《き》いたんじゃないですか」

「ほんとかね。おたくは腹芸の天才だからな。いつもポーカーフェイスで、おれを出し抜いてきた」

「出し抜くって、おれは探偵屋ですよ。たとえ唐津さんと同じ事件《ヤマ》に興味を持ったとしても、別にスクープできるわけじゃないでしょ？」

「確かにスクープはできないよな。おたくは、新聞記者でもテレビ局の記者でもないわけだからさ。しかし、おれより先にいつも陰謀を暴《あば》いて、首謀者にお灸《きゅう》をすえてる。そうだよな？」

「そんなことしてませんよ。したくたって、そんなことはできませんよ。おれは、もう刑事じゃないんですから」

「相棒の百面鬼の旦那は現職じゃないか。その気になれば、犯罪者をいつでも緊急逮捕できる」

「何が言いたいんです？」

「おたくが新宿署の旦那とつるんでやってることは、だいたい見当がついてるんだよ」

「おれたちが何をやってるって言うんです？」

「そろそろ白状してもいいんじゃないのか、長いつき合いなんだからさ。おたくたち二人は救いようのない極悪人を痛めつけて、犯罪や不正の口止め料をせしめてるんだろうが？もうわかってるんだよ」

唐津が大きな目を細め、勝ち誇ったような笑みを浮かべた。

「何を言ってるんですか。元刑事のおれと現職の百《どう》さんが恐喝なんかするわけないでしょ」

「いつものおとぼけか。それじゃ、教えてくれ。なんだって、いろんな事件に首を突っ込んでるんだ？」

「単なる暇潰《ひまつぶ》しですよ。それから、あちこち遠征してるのは会員の勧誘が目的なんです」

「なんの勧誘なんだ？」

「ほら、前にも話したことがあるけど、百《どう》さんとおれは女装《じょそう》クラブを主宰してるんですよ。そのクラブの会員をもっと増やしたいと思ってるんです」

「喰えない男だ」

「そうかな。おれや百《どう》さんは、実にわかりやすい人間ですよ。二人とも裏表《うらおもて》がありませんからね」

見城は、にやついた。

唐津が呆《あき》れ顔で、コーヒーテーブルを蹴《け》る真似《まね》をした。一拍置いてから、見城は問いかけた。

「この近くまで取材に来たんでしょ？」

「うん、まあ」

「どんな事件を追ってるんです？」

「たいした事件じゃないんだ」

「もったいぶらないで教えてくださいよ。唐津さんは、おれに借りがあるんだから」

「おたくに借りがあるって⁉」

「ええ。さっき、おれの肉まんを一個あげたじゃないですか」

「その冗談、気に入ったよ。よし、話してやろう。政界のある実力者に近々、東京国税局が強制調査をかけるって情報が入ったんで、ちょっとね」

「ある実力者って、誰なんです？」

「そこまでは言えないよ」

　唐津が首を横に振った。

「ヒントぐらいくださいよ。現内閣の閣僚なんですか？」

「うん、まあ」

「この場所から遠くない地域に住んでる現職大臣というと、大蔵（現・財務）大臣の栗木《くりき》田善好《だぜんこう》か法務大臣の高須照仁《たかすてるひと》あたりだな。どっちなんです？」

「ノーコメント！」

「ガードを固めましたね。どっちでもいいけど、現職の大臣に強制調査をかけるとは国税局もやるな」

「詳しいことは言えないが、その大臣は昨年十月中旬に公表された閣僚の資産公開の一、二カ月前に払い下げ国有地の所有権を妻や六人の秘書にいったん移して、資産公開後に、また自分の名義に戻してたんだよ」

「有権者たちに資産が多いと思われたくなかったんだな」

「そうなんだろう。そのこと自体は法的に問題はないんだが、その大臣は手違いからの所有権の移転だったと主張し、強引に無効の手続きを取ったんだ。それで妻や秘書への贈与税、名義を戻したときの不動産取得税なんかを払わなかったんだよ」

「悪質は悪質だが、その程度のことで強制調査に踏み切るとは思えないな。ほかにも何か危《ヤバ》いことをやってたんでしょ？」

見城は言った。

「さすがだね。実は、そうなんだよ。政治活動費がだいぶ個人消費に回されてたそうだし、自分が関わってる法人はすべて赤字申告になってたらしいんだ。で、国税局は計画的に裏金を溜《た》め込んでるんじゃないかと睨《にら》んだみたいだな」

「おそらく、そうなんでしょう。どっちの大臣か知らないが、閣僚がそんなことをしてるようじゃや、政治家たちはますます信用されなくなりますよ」

「おたくの言う通りだな。さて、そろそろ社に戻るか」

唐津がソファから立ち上がり、玄関に足を向けた。

見城は外出の仕度《したく》をし、十五、六分後に部屋を出た。左右をうかがってみたが、怪しい人影はなかった。

エレベーターで地下駐車場に降りる。

借りていたカローラは、すでに返してある。敵には、もう住まいも車も知られてしまった。

別のレンタカーを使ったところで、敵の目はごまかせないだろう。むしろ、故意に敵の目に触《ふ》れて、逆にアジトを突きとめたい気持ちになっていた。

見城は自分のBMWに乗り込んだ。

唐津の話によると、木原の死体が二時過ぎに発見されたという。いまごろ、野々村証券本社の前には、報道関係者が群れているだろう。捜査員たちもいるかもしれない。

木原と親しかった社員と接触するのは難しそうだが、一応、行ってみる気になった。

見城は車を走らせはじめた。

五分ほど過ぎたころ、携帯電話に着信があった。発信者は松丸だった。

「なんか手伝うことないっすか？」

「いまんところはないな」

「そうっすか。山中湖では、大変な目に遭《あ》いましたね。おれ、今朝《けさ》、百《どう》さんに電話したんすよ」

「そうだったのか。百《どう》さん、何も言ってなかったから、てっきり松《まっ》ちゃんは何も知らないと思ってたが……」

「極悪刑事のことより、フラワーデザイナーのことが心配だったんすよ。でも、無事に救出したって話を聞いて、ひと安心したっす」

「優しいんだな」

見城は言った。

「な、なんすか。そんなふうに言われると、おれ、調子狂っちゃうな」

「照れるなよ。他人に優しくできるってのは、いいことさ。おれも少しは松ちゃんを見習わなくちゃな」

「見城さんこそ、思い遣《や》りがありますよ。それで、もうちょっと女遊びを控えれば、文句ないんすけどね」

「情事代行は遊びじゃない。れっきとしたサイドビジネスさ。どんな仕事もそうだろうが、それなりに苦労があるもんだよ」

「とか言って、結構、娯《たの》しんでるんじゃないんっすか。女の体はひとりひとり違うし、喘《あえ》ぎ方や悶《もだ》え方も同じじゃないっすからね」

「松ちゃん、言うな。そんなに女遊びをしてたっけ？」

「裏ビデオで勉強したんすよ。実際にナニしたのは四、五人っす」

「四人や五人じゃ、女は語れないぜ。十人十色《といろ》だからな」

「そうでしょうけど、やっぱ生身の女は面倒臭《くさ》いっすよ。それに……」

松丸が言い澱《よど》んだ。

「相変わらず、女性不信感は消えてないようだな」

「女は、なんかわからないっすよ。深窓《しんそう》育ちの令嬢みたいに見える女の子が平気で裏ビデオに出て、変態プレイなんかやってるんすから。女って、怖いっすよね」

「いつかも言ったと思うが、裏ビデオに出てる女たちは何らかの事情があって、たいがい金が欲しいんだよ。映像が真実ってわけじゃないんだ。与えられた役を演じてるだけなんだよ。ひとまず偏《かたよ》った女性観を捨てて、誰かに惚《ほ》れてみな」

見城は言って、通話を切り上げた。

そのすぐ後、またもや電話がかかってきた。今度は百面鬼からだった。

「いま、桜田門から出てきたところだ。捜四《そうよん》（現・組織犯罪対策課）は、例の三人の総会屋の関係者の動きを探《さぐ》ってるようだな」

「ということは、馬場を始末させたのは池上、金井、神保の三人の誰かと睨《にら》んでるんだろうね」

「だろうな。おれも、大物総会屋たちの身辺をちょっと洗ってみらあ」

「よろしく！」

「そうだ、木原の死体が見つかったぜ」

「それは知ってる。さっき唐津さんがおれの部屋に来たんだ」

見城は言った。

「そうかい。唐津の旦那から、何か探《さぐ》れた?」

「残念ながら、これといった収穫はなかったんだ」

「ふうん」

「百《どう》さん、なんか元気がないな。何か厭《いや》なことでもあったの?」

「本庁のエレベーターの中で、嫌いな野郎と会っちまったんだよ。本庁警務部人事一課監察の係長やってる一村昌司《いちむらまさし》って奴さ」

「監察といったら、警察官や職員の不正を告発してるセクションだな」

「一村は、おれが警察官僚《キャリア》どもから小遣《こづか》いせしめてることを知ってても何もできねえんで、苛《いら》ついてやがるんだ。それで、若い刑事たちが重要参考人に日当を払い忘れたりすると、まるで鬼の首でも取ったように騒ぎたてて、懲戒《ちょうかい》免職に追い込んでやがるんだよ。四十七歳の叩《たた》き上げなんだが、人一倍、出世欲が強《つえ》えんだ。蛇みたいな野郎だよ」

「エレベーターの中で、何か厭味《いやみ》でも言われたの?」

「一村の野郎、おれのオーデマ・ピゲをしげしげと眺《なが》めて、『どうすれば、そういう高級腕時計を買えるようになるのかね? 教えてほしいもんだ』なんて言いやがったんだ。もう少しで、野郎の急所を蹴り上げそうになったよ」

「百《どう》さん、そんな小物は相手にするなって。警察の偉いさんたちの弱みをいろいろ押さえてるんだから、係長なんてめじゃないじゃないか」

「そうなんだが、一村の面《つら》見てるだけで、むかつくんだ」

「そうカッカしないで、今夜は久乃さんと喪服プレイでもやるんだね」

「そうするか」

百面鬼がいつもの豪傑《ごうけつ》笑いを響かせ、先に電話を切った。

見城は運転に専念しはじめた。いつしか夕闇《ゆうやみ》が一段と濃くなっていた。

2

予想は正しかった。

やはり、野々村証券本社前には大勢の報道関係者が集まっていた。名の売れたニュースキャスターの顔も見える。

マスコミ関係者の目があるうちは、木原総務部長の周辺の人間には会えない。

見城は茶色の威厳《いげん》のある九階建てのビルを仰《あお》いだ。

大手証券会社の中で長いこと王座を護《まも》り抜いてきた老舗《しにせ》も、なんとなく影が薄い。

総会屋への利益供与事件が発覚したとき、役員は総退陣に追い込まれた。それ以来、客の信用を失ったままだ。おまけに世界的な株の暴落の後遺症に苦しんでもいる。

他の大手の東興《とうこう》証券や大光証券も似たようなものだろう。

それにしても、証券会社は黒い勢力に実に弱い。去年の秋に最初に逮捕された大物総会屋の池上悠は過去に某都市銀行から百十七億円も強引に融資させていた。しかも、ほとんど無担保だった。

池上は約三十二億円を投じて、大手証券会社の株を三十万株ずつ買い、さらに電信や電力関係の優良株も買い漁《あさ》った。

株の売買は一種のギャンブルだ。儲《もう》かることもあれば、損をすることもある。

しかし、池上は株で自分が損をすることを許さなかった。損失が出た場合は、必ず付け替えなどの方法で穴埋めさせていた。それだけではなかった。ペナルティーとして、借りた株の購入資金の金利を軽減させたり、返済を滞《とどこお》らせたりもした。

事件が発覚すると、銀行の相談役は自らの命を絶ってしまった。頭取《とうどり》ら役員の大半は退任する羽目になった。

損失補塡《ほてん》を強《し》いられたのは、準大手を含めて十社近かった。しかも、池上が借り入れた株の購入資金の八割は焦《こ》げついたままだ。

池上悠は数年前に病死した超大物総会屋にかわいがられていたことをいいことに、各証券会社から甘い汁を吸いつづけていたのだろう。薄汚い男だ。

見城は胸の中で毒づいた。

五十八歳の池上は、外見は堅気《かたぎ》そのものだ。ふだんは決して声を荒《あら》らげたりしない。それだけに、凄《すご》んだときはかえって不気味だったのだろう。

五十三歳の金井弘幸は、ブラックジャーナリスト崩れだ。池上と同じように証券会社に利益供与を要求していたが、その上、一流企業六十数社から年間三、四百万円ずつ功妙な手口で毟《むし》り取っていた。

妻が経営しているという実体のない〝海の家〟を、各企業の社員たちに福利厚生施設として利用してもらうという名目で金を集めていたのである。

しかし、実際にその〝海の家〟を利用した者はいない。その場所には屋号《やごう》を記《しる》した立て看板があるきりで、建造物すらなかった。

六十二歳の神保数馬は、関西や中京地方で暗躍している大物総会屋だ。

老舗《しにせ》デパートの与党総会屋として名をあげ、いまや超一流の電力会社や自動車メーカーの株主総会を仕切っている。神保は百五十数センチの身長しかないが、総会荒らしたちをひと睨《にら》みで追い返してしまう。広域暴力団との繋《つな》がりも深い。

神保も三大証券会社に、数十億円の損失補填をさせていた。しかし、逮捕のきっかけは利益供与事件ではなかった。

手切れ金も貰《もら》えずに棄《す》てられた愛人が、神保と老舗デパートの黒い関係を東京地検に告発したのである。神保が囚《とら》われの身になったのは、いわば身から出た錆《さび》だろう。

調査は明日にするか。

見城は野々村証券本社ビルに背を向け、ＢＭＷに乗り込んだ。

六時半を回っていた。見城は車を発進させて、兜町《かぶとちょう》方面に向かった。鎧橋《よろいばし》を越えて最初の交差点で信号待ちをしていると、横断歩道を見覚えのある女がよぎった。柴美咲だった。情事代行の客である。

見城は短くホーンを鳴らした。

横断歩道の男女が幾人か振り向いた。その中に、美咲もいた。彼女は、すぐに見城に気づいた。証券アナリストの彼女から、何か情報が得られるかもしれない。

見城はパワーウインドーを下げ、美咲を手招きした。

美咲が白いウールコートの裾《すそ》を翻《ひるがえ》しながら、駆け寄ってくる。見城は助手席のドア・ロックを外した。

美咲が慌《あわ》ただしく車内に乗り込んできた。

ドアを閉めたとき、ちょうど信号が青になった。見城はＢＭＷを発進させた。

「なんか不思議な縁を感じるわ」

美咲が嬉《うれ》しそうに言って、シャギーヘアを軽く撫《な》でつけた。やや中性的な顔立ちだが、造作《ぞうさく》は整っている。肢体《したい》も肉感的だ。

「不思議な縁？」

「ええ。今夜あたり、あなたに電話しようと思ってたのよ」

「ああ、それでね」

「兜町で見城さんと会うなんて、なんか信じられないな。まさか株をやる気になったわけじゃないでしょ？」

「野々村証券に調査の仕事で来たんだよ」

「あの会社の男性社員が不倫でもしてるの？」

「そうじゃないんだ。あることで、きょうの二時過ぎに山中湖の近くで死体で発見された木原という総務部長の身辺調査をするつもりだったんだよ。しかし、会社の前には報道陣がいっぱいいで、調査を断念せざるを得なかったんだ」

「そうだったの。その総務部長の事件は、テレビのニュースで観《み》たわ」

「そう。木原とは会ったことあるの？」

「ううん、ないわ」

「そうか。それはそうと、どこかで食事でもしないか?」

見城は誘った。

「うわーっ、嬉しい!」

「証券業界のことをいろいろ教えてもらいたいんだよ」

「なあんだ、それが狙《ねら》いだったの。でも、いいわ。その代わり、食事の後で、わたしを抱いてよね」

美咲がそう言い、人差し指で見城の脇腹《わきばら》を軽く押した。

見城は黙ってうなずき、車を左折させた。

赤坂西急《せいきゅう》ホテルの地下駐車場にBMWを駐《と》めたのは七時十数分過ぎだった。見城は十七階にある高級レストランに美咲を案内し、窓際の席についた。

夜景が美しい。客の姿は疎《まば》らだった。

フランス料理のコースとワインを注文した。

待つほどもなく前菜と白ワインが運ばれてきた。前菜は、オマール海老《えび》のほぐし身をあしらった海藻《かいそう》サラダだった。

「こんなに高級なお店で食事をするのは本当に久しぶりだわ」

美咲がワイングラスを傾《かたむ》けながら、上気した顔で言った。

「何を言ってるんだ。その若さで、年収千六百万円も稼《かせ》いでる証券アナリストが。毎晩のように、うまいものを喰ってるんだろう?」

「とんでもない。いつもは会社の帰りにコンビニで買うお弁当やレトルト食品で夕食を済ませてるの」

「それじゃ、残る一方じゃないか」

「意外にそうでもないの。家賃の高いマンションを借りてるし、年俸《ねんぽう》制だから、成績が悪ければ、お給料が半分くらいに減っちゃうの」

「外資系の会社はドライだからな」

見城は言って、ロングピースをくわえた。

美咲はアメリカ資本の有力証券会社に勤務している。昨年の夏に東京証券取引所の出来高でメリルリンチ証券が、国内の大手証券会社を抜いて一位に躍《おど》り出た。それ以来、メリルリンチ証券とモルガン・スタンレー証券が毎月、一、二位を争っている。

ゴールドマン・サックス証券やソロモン・ブラザーズ・アジア証券も常にベスト10入《テン》りしている。いまや国内大手三社の東証扱いの取引売買シェアは十八、九パーセントに落ち込んでしまった。

「去年の一連の利益供与事件以来、外資系の証券会社は笑いが止まらないんだろうな。株式売買の大口注文は、外資系の証券会社に集中してるって話だから」

「ええ、外資系優位の状況はしばらくつづくでしょうね。外資系の証券会社が東証の正会員になったのは一九八六年なの。たった十一年ちょっとで立場が逆転しちゃったんだから、国内大手三社は真っ青よね」

「あっさり逆転された原因は、日本企業のルーズさかな?」

「ええ、そうでしょうね。去年の国税局のデータによると、全国約三千六百社の使途秘匿《しとひとく》金《きん》がおよそ四百億円もあるの。資本金一億円以上の大企業の分が約二百五十億円もあるっていうんだから、呆《あき》れちゃうわ」

「そうだな。外資系企業では、とても考えられないことだ」

「その通りね。アメリカやイギリス資本の企業に限らずフランスやドイツの会社も経営機構そのものがガラス張りだから、使途秘匿金を捻《ひね》り出すことは不可能なの」

「考えてみれば、日本の民間企業は一般消費者をなめきってるよな。政治家へのヤミ献金や総会屋に渡す金まで商品価格に上乗せしてるわけだから」

見城は煙草の火を消し、ワインを口に運んだ。

「ええ、ふざけた話よね。企業は有力政治家たちとの腐れ縁を切って、ブラックジャーナリストや総会屋たちも追放しないと、ビッグバン時代に生き残れないと思うわ」

「日本の企業の多くは体質が古いからな」

「それに、黒い勢力に怯《おび》えすぎよ」

「確かにそうだが、企業側にも後ろ暗い部分があるから、総会屋どもにつけ込まれたりするんだろう」

「そうなんでしょうね。わたし、日本の証券会社に就職してたら、毎日、苛々《いらいら》して、きっと胃に穴が開いてたわ。いよいよ日本版ビッグバンが本格化するっていうのに、国内企業はのんびりしすぎよ」

美咲がもどかしそうに言い、フォークを手に取った。

いまや時事用語として定着したビッグバンは本来、宇宙の大爆発を意味する言葉だ。それが転用され、金融制度の大改革という意味合いで使用されている。

世界初の金融改革は、ロンドン証券取引所でスタートを切った。国内証券手数料の自由化、証券売買システムの公正化、証券取引所の会員資格の改正などが行われたのである。一九八六年十月のことだ。

それより十年以上も前に、アメリカは株式売買手数料の完全自由化に踏み切っていた。

その後、銀行預金金利の自由化が実施されて一九八九年には銀行持株《もちかぶ》会社による保険業務の参入が認められた。

英米のこうした経済改革に煽《あお》られ、一九九六年十月、首相の諮問《しもん》機関である経済審議会に属する行動計画委員会が日本版金融ビッグバンの提言をした。

それを受けて現首相は一九九六年十一月、自ら推進している六大改革の一つである金融システム改革案を二〇〇一年までに実施するよう大蔵（現・財務）省と法務省に提示した。

一九九七年十月には、証券総合口座が解禁になった。同年十二月には銀行による投資信託及び窓口販売も自由化されている。

金融制度の大改革がスムーズに行われれば、東京金融市場も二〇〇一年には、ロンドン市場やニューヨーク市場並の国際基準《グローバル・スタンダード》になるだろう。

ビッグバンによって、日本経済は確実に激変する。体力のない銀行、証券会社、保険会社は倒産の危機に晒《さら》され、外国企業に合併されたりする可能性もゼロではない。ビジネス乱世時代の到来といっても過言ではないだろう。

「冷たい言い方になるけど、総会屋たちに屋台骨《やたいぼね》まで揺すられた証券会社は自業自得よね。もっと早い時期に黒い交際をやめてれば、あんなことにはならなかったのに」

「それはそうだが、大物総会屋たちを門前払いにするには、それなりの覚悟がいるからな」

「ええ、それはね。でも、野々村証券と大光証券が中心になって、大手の東興証券や準大手五社に総会屋を証券業界から一斉に閉め出そうって呼びかけたという噂《うわさ》があったのよ」

「その噂の出所は？」

「スイス人のトレーダーが株屋が集まる日本橋の居酒屋で小耳に挟《はさ》んだんだって」

「そのトレーダーは職場の同僚かい？」

見城は早口で訊いた。

「元同僚よ。彼、去年の暮れに会社を辞《や》めて、世界放浪の旅をしてるの。いまは、アンデス山脈のどこかにいるんじゃないのかな。その彼、もともと株の世界は生臭くて馴染《なじ》めないって言ってたの。ロマンチストで、冒険家に憧《あこが》れてたのよ」

「そうか」

「がっかりしたようね。見城さん、いったいどんな調査を引き受けたの？」

「たいしたことじゃないんだよ」

「そう」

美咲は深く詮索《せんさく》しなかった。

前菜の皿が下げられ、メインディッシュの魚介料理が運ばれてきた。甘鯛《あまだい》と鮑《あわび》の挟み焼きだった。初めて見る取り合わせだったが、意外にうまかった。肉料理は鴨肉《かも》だった。

証券業界から総会屋たちを閉め出そうと言い出したのは、大光証券の陰の法律顧問だった馬場弁護士なのかもしれない。その相談を最初に持ちかけられたのが野々村証券の木原総務部長だったとしたら、二人が殺害された説明がつく。

見城はナイフとフォークを操《あやつ》りながら、そう思った。

「ね、お願いがあるの」

美咲が唐突に言った。

「なんだい？」

「いつもわたしのマンションに来てもらってるけど、今夜はちょっとムードを変えてみたいの。このホテルに部屋を取ってもらえないかしら？　もちろん、宿泊料はわたしが払うわ」

「おれは別にどこでもいいよ」

「なら、後で部屋を取って」

「わかった。しかし、部屋に籠《こも》るには時間が早すぎるな。飯を喰ったら、ラウンジバーで少し飲もう」

見城はそう言い、美咲のグラスにワインを注いだ。

二人はコース料理を食べ終えると、最上階にあるラウンジバーに移った。

見城は最初の一杯だけトム・コリンズにし、後はスコッチウイスキーの水割りに切り替えた。美咲はカクテルばかりを飲んだ。

見城は十時になったとき、さりげなく腰を上げた。トイレに立つ振りをして、一階のフロントに降りる。

見城はダブルベッドの部屋を取り、すぐにラウンジバーに戻った。テーブルの下でカードキーを手渡すと、美咲は妖《あや》しく目を輝かせた。

二人は十時四十分にラウンジバーを出た。

エレベーターで十三階まで降り、部屋に入った。ドアが閉まると、見城はいきなり美咲の足許《あしもと》にひざまずいた。

「ど、どうしたの⁉」

「せっかく場所を変えたんだから、今夜は趣向を変えよう」

「足を舐《な》めるの？」

美咲が声を弾《はず》ませた。

見城は目で笑い、両腕でスカートを捲《まく》り上げた。すぐにパンティーストッキングとデザインショーツを引きずり下ろした。

「えっ、もしかしたら……」

「そうだよ」

「駄目よ、困るわ。シャワーを使わせて」

美咲が哀願した。

見城は美しい証券アナリストの背をドアに凭《もた》せかけ、両脚を開かせた。秘めやかな場所に顔を寄せると、美咲が小さく言った。

「汚れてるから、恥ずかしいわ」

「たまにはパターンを外そう」

見城は美咲の腰を抱き寄せ、舌を閃《ひらめ》かせはじめた。美咲はもう何も言わなかった。

3

裸身は人形のように動かない。

ベッドに俯《うつぶ》せになった美咲は、かすかな寝息を刻んでいる。濃厚な情事で、さすがに疲れたのだろう。

見城は美咲の肩まで毛布を掛けてやり、静かに身繕《みづくろ》いに取りかかった。

午前三時を過ぎていた。のっけからオーラルセックスをしたからか、美咲はふだんの何倍も乱れた。

ドアに凭れたまま最初の極《きわ》みに達すると、彼女は衣服をかなぐり捨てた。そして見城を床に仰向《あおむ》けに横たわらせると、狂おしくペニスに舌を絡《から》ませた。

そのあと二人は浴室で戯《たわむ》れ合い、ベッドで本格的に肌を貪《むさぼ》り合った。

見城は高度なフィンガーテクニックでたてつづけに美咲を三度頂《いただき》に押し上げ、体を繋いだ。美咲の内奥《ないおう》は鋭い緊縮を繰り返していた。熱く潤《うる》んでいたが、少しも緩《ゆる》みはなかった。

見城は六、七回浅く突き、一気に深く突き入れた。

そのたびに、美咲は甘やかに呻《うめ》いた。見城は女体のメカニズムを熟知している。また、相手の性感帯を的確に探《さぐ》り当てる能力もあった。

自分自身の性エネルギーを抑制する術《すべ》も心得ていた。射精感が強まると、さまざまな方法でコントロールした。

見城はそうしながら、美咲の官能を煽《あお》りに煽った。

美咲は羞恥心《しゅうちしん》を捨て、本能を剝《む》き出しにした。惜《お》しげもなく裸身を晒《さら》し、奔放《ほんぽう》に振る舞った。

自ら腰をマシーンのように打ち振った。あけすけな言葉も発した。

美咲はエクスタシーに到達すると、悦《よろこ》びの唸《うな》りを憚《はばか》りなく響かせた。裸身の震えも大きかった。見城は幾度か体位を変え、とどめを刺すように強烈なブロウを送った。美咲は白目を見せながら、短い失神状態に陥った。

我に返ると、彼女は見城の股《また》の間にうずくまった。巧《たく》みな舌技を受けているうちに、見城の体は蘇《よみが》った。

二度目の交わりは長かった。

美咲は見城の疲れを感じ取ると、進んで騎乗位で体を繋ぎ直した。腰を弾ませ、見城の昂《たか》まりを刺激しつづけた。二人は結合したまま、何度か小休止をとった。その間も、美咲の襞《ひだ》は見城の体に吸いついて離れなかった。

見城は二度目に放ったとき、頭の芯《しん》に痺《しび》れを覚えた。

美咲は胎児のように体を丸め、小刻みに震えた。断続的に洩《も》らす愉悦《ゆえつ》の声は、なんともセクシーだった。

まだ今夜の報酬を貰っていない。しかし、わざわざ起こすのはかわいそうだ。

見城はライティング・ビューローに歩み寄り、備えつけのレターペーパーに数行走り書きをした。メモをサイドテーブルの上に置き、そっと部屋を出た。

廊下はひっそりとしていた。エレベーターで地下駐車場に下《くだ》り、ＢＭＷの運転席に入った。赤坂西急ホテルを出て、車を青山通りに進める。道路は割に空いていた。

二十分足らずで、渋谷の自宅マンションに着いた。

八階にある部屋は、電灯で明るかった。パーティー・コンパニオンの里沙が仕事帰りに寄ったのだろう。

見城は、なんとなく後ろめたかった。

西急ホテルを出る前に、体を洗っていた。まだボディーソープの匂《にお》いがするだろう。

里沙が、その匂いに気づかないはずない。たとえ気づいても、彼女は咎《とが》めたりはしないだろう。それを知っているだけに、なおさら後ろめたい。といって、車の中に戻るのも卑《ひ》怯《きょう》な気がした。酔いを醒《さ》ますのに、サウナに行ったことにするか。

見城はドアのノブに手を掛けた。

ロックはされていなかった。玄関でアンクルブーツを脱いでいると、奥からキャメルカラーのテーラードスーツを着た里沙が現われた。いつになく緊張した面持《おもも》ちだ。

「十二時前から、ずっと待ってたのよ」

「そいつは悪かったな。ちょっと飲み過ぎたんで、サウナの休憩室で仮眠をとってたんだ」

「そうなの」

「何かいつもと違うな」

「わたし、大変なものを見てしまったの。百面鬼さんが人を殺して逃げるところを見ちゃったのよ」

「まさか⁉　落ち着いて、順序立てて話をしてくれ」

見城は里沙のほっそりとした両肩に手を掛けた。

「今夜は、日比谷《ひびや》の帝都《ていと》ホテルで開かれた銀行協会主催のパーティーに出たの。パーティーが盛り上がりはじめたころ、黒いロングコートを着た百面鬼さんが会場にぬっと入ってきて、京和《きょうわ》銀行の鳥塚甚之助《とりづかじんのすけ》という副頭取に歩み寄って、隠し持っていた手斧《ておの》で副頭取の頭を……」

「それで？」

「副頭取が絶叫して倒れると、パーティー会場は騒然となったの。何人かの男性が百面鬼さんを取り押さえようとしたら、彼は拳銃《けんじゅう》を取り出したのよ。それで居合わせた人たちを威嚇《いかく》しながら、悠然と逃げたの。鳥塚副頭取は救急隊員が駆けつけたときは、もう死んでたわ」

「その男は、百《どう》さんの偽者《にせもの》だよ」

「ええっ。でも、どう見ても百面鬼さんだったわ。剃髪頭《スキンヘッド》で、いつものサングラスをかけてたもの。それから、左手首にはオーデマ・ピゲを嵌《は》めてた」

　里沙が言った。

「それでも、百《どう》さんじゃないと思うよ。京和銀行の副頭取を殺した奴は、百《どう》さんを陥れようとしてるんだろう」

「それで、百面鬼さんになりすましたってこと？」

「ああ、ほぼ間違いないだろうな」

　見城は、これまでの経過をつぶさに語った。

　里沙は、それで納得した。見城は里沙を応接ソファに坐らせると、スチールデスクに歩み寄った。

　ホームテレフォンの親機を使って、百面鬼に連絡をとった。一分ほど待つと、ようやく百面鬼の寝呆《ぼ》けた声が流れてきた。

「誰でえ、こんな時間に」

「おれだよ」

「見城ちゃんか。なんだよ、いったい？」

「今夜、いや、正確にはきのうの晩だが、百《どう》さんは帝都ホテルに行ってないよね？」

「行ってねえよ。きのうは、八時過ぎからホテルのこの部屋にいたよ」

「やっぱり、そうか。実はね、例のインディアン・トマホーク使いが、また殺しをやったらしいんだ」

見城は、里沙から聞いた話を伝えた。

「また、おれの犯行に見せかけようとしやがったのか」

「そのホテルは、新宿署の連中にまだ知られてないんでしょ？」

「ああ。見つかりっこねえさ。四谷の住宅街の中にあるマンション風の造りのホテルだからな」

「当分、署に顔を出さないほうがいいよ。京和銀行の副頭取殺しのことで、うるさくアリバイ調べをされるだろうから」

「わかった、そうすらあ。それはそうと、京和銀行の副頭取が始末されたってことになると、金井弘幸が臭《くせ》えな。拘置中の三人の総会屋の中じゃ、金井が最も多く京和銀行から株の購入資金を引き出してるはずだ」

「確かマスコミの報道によると、金井は京和銀行から七十数億円を無担保融資させてたんじゃなかった？」

「そうだよ。金井は京和銀行の弱みを握って、七十数億円の融資を強《し》いたんじゃねえかな。そのときの恐喝《きょうかつ》の事実が露見するのを恐れて、金井は拘置所に面会に来た家族を通じ、鳥塚って副頭取を消してくれって例のトマホーク野郎に依頼したんじゃねえのか？」

百面鬼が小声で答えた。すぐそばで、フラワーデザイナーの久乃が寝ているのだろう。

「ちょっと待ってくれないか。そうだとしたら、おかしい点があるな」

「どこがおかしい？」

「百《どう》さんは金井と一面識もないんだよね？」

「ああ」

「そんな金井が、なんで百《どう》さんを副頭取殺しの犯人に仕立てなきゃならないわけ？」

「金井自身がそういう偽装をしたかったんじゃなく、おそらく牙の入れ知恵だろうな。おれは山中湖で殺《や》られた野々村証券の木原とも会ったことはなかったんだ。牙は何がなんでも、このおれを殺人犯に仕立て上げてえのさ。現に奴は電話で、おれをもっともっと苦しめてやるなんて抜かしてやがったからな」

「そうだったね。そうだ、もう一つ話しておかなきゃならないことがあったんだ」

見城はいったん言葉を切って、すぐに言い継《つ》いだ。

「きのう、知り合いの証券アナリストから入手した情報なんだが、大光証券の法律顧問をやってた馬場弁護士は野々村証券の木原総務部長と一緒に証券業界から総会屋を一掃しようと、大手の東興証券、それから準大手五社にも働きかけてたって噂があったらしいんだ。その噂の真偽は、まだ確かめてないんだが」

「その噂は事実なんじゃねえのか。金井がてめえの悪事がバレたのは馬場と木原が余計なことをしたからだと逆恨みして、ついでに融資の件で自分に不利な証言をした鳥塚副頭取に腹を立てたんじゃねえかな」

「百《どう》さんの読み筋が間違ってなければ、牙は金井の生活圏の中にいる人物ってことになる。たとえば、弟分格の総会屋とか情報屋とかね」

「あるいは、どっかの経済やくざとかな」

「ログハウスで久乃さんから聞いた話だと、牙は四十代の後半で、臭《にお》いに癖《くせ》のある煙草を喫ってたらしい。当然、百《どう》さんも憶《おぼ》えてるよね？」

「ああ、もちろん。で、おれはまず銘柄を絞り込むことを考えた。自動販売機で売ってる国内外の煙草を全部買ってきて、久乃の前で、ひと通り喫《す》ってみたんだよ」

「しかし、久乃さんはどれにもうなずかなかったんだね」

「そうなんだ。牙の野郎は、日本では市販されてない煙草をふかしてたんだろう」

「というと、国外旅行の土産として日本に持ち込んだ外国煙草かもしれないな」

「多分、そうなんだろう。金井は女房に世田谷《せたがや》の瀬田《せた》で、中古外車の販売をやらせてるはずだよ。見城ちゃん、その販売所に出かけて、ちょっと探《さぐ》りを入れてくれねえか」

「ああ、いいよ。中古外車の販売所の名は？」

「そこまでは憶《おぼ》えてねえんだ。けど、行けば、すぐにわかると思うぜ。それじゃ、頼まあ」

百面鬼が電話を切った。

見城は受話器をフックに返し、里沙の正面に腰かけた。

「百面鬼さんは帝都ホテルには行ってなかったのね？」

里沙が問いかけてきた。

「そうなんだ。里沙が見たのは、やっぱり百《どう》さんの偽者だよ」

「よかった。てっきり百面鬼さんだと思い込んでたから、なんだか頭が混乱しちゃって。大騒ぎして、ごめんなさい」

「どうってことないさ。それより、疲れたろう？」

「ええ、ちょっとね」

「一緒に風呂《ふろ》に入って、ベッドに潜《もぐ》り込むか」

「先に入って。今朝《けさ》、あれになっちゃったの」

「そうなのか」

見城は短く答え、煙草をくわえた。

ほっとしたような、それでいて何か物足りないような気持ちだった。

情事代行の客を少し前に抱いている。それも長い二ラウンドだった。性エネルギーは衰えている。里沙と睦《むつ》み合えば、当然、そのことは覚《さと》られてしまう。といって、兄妹のように寝るのも辛《つら》い気がする。

「見城さん、サウナに行ってきたって言ってたわよね？」

「ああ」

「それなら、そのままベッドに入っちゃえば？　わたしは、ちょっとシャワーを使わせてもらうけど」

「そうするか」

「先に寝《やす》んで構わないからね」

里沙が言った。

見城は煙草を喫《す》い終えると、寝室に足を向けた。トランクスを穿《は》き替え、ベッドに潜り込む。寝室は暖房が効き、少しも寒くなかった。

少し経つと、浴室の方から湯の弾ける音がかすかに響いてきた。その音を聞いているうちに、見城は次第に眠くなってきた。

里沙が寝室に入ってくるまで、せめて起きていたかった。だが、睡魔《すいま》には勝てなかった。いつしか見城は寝入っていた。

4

陽《ひ》が傾きはじめた。

見城は車の中から、『金井モータース』の展示場を眺めていた。張り込んで、すでに五時間が経《た》っている。

だが、トマホーク使いの姿は一度も見ていない。さすがに目が疲れてきた。

見城は目頭《めがしら》を軽く抓《つま》んだ。

そのとき、展示場の中に真紅《しんく》のポルシェ911カレラ2が滑《すべ》り込んだ。運転席には、三十七、八歳の派手な顔立ちの女が坐っていた。金井弘幸の妻かもしれない。

女は車を降りると、ガラス張りの洒落《しゃれ》た建物に入っていった。

彼女に鎌《かま》をかけて、探《さぐ》りを入れてみる気になった。

見城はBMWから出て、玉川《たまがわ》通りを横切った。

『金井モータース』は玉川通りに面していた。展示場には主に欧州車が並んでいる。

数では、メルセデス・ベンツとＢＭＷが圧倒的に多い。やはり、日本ではドイツ車の人気が高いのだろう。ポルシェも六、七台あった。

次いで、米国車、英国車、イタリア車の順だった。フランス車はシトロエンとプジョーが一台ずつ飾られているきりだ。スウェーデン車はボルボだけで、サーブは見当たらない。

見城は『金井モータース』の展示場に足を踏み入れ、英国車のコーナーにたたずんだ。グレイのジャガーソブリンの車内を覗き込んでいると、ガラス張りの建物の中から金井の妻と思われる女が現われた。

ゴルチエのニットスーツを小粋《こいき》に着こなしている。元はクラブホステスだったのかもしれない。化粧が濃かった。

「いらっしゃいませ。ジャガーをお探しでしょうか？」

「いや、ベントレー・ターボRを探してるんだ。あれっ、あなたは金井の大将の奥さんじゃない？」

見城は軽い口調で問いかけた。

「金井の妻ですが、あなたは？」

「昔、大将の下で働いてた者ですよ」

「失礼ですけど、お名前を教えていただけます？」

「それは勘弁《かんべん》してほしいな。おれ、大将に世話になりながら、無断で独立しちゃったんですよ。合わせる顔がないんだが、それなりに後悔してる。一匹狼《いっぴきおおかみ》の総会屋じゃ、たいした稼ぎにならなくてね。で、いまは芸能プロの仕事を手伝ってるんですよ」

「そうなんですか」

金井の妻が素《そ》っ気《け》なく言った。商売になる客ではないと判断したのだろう。

「大将、とんだことになっちゃったね。誰かが東京地検に密告したんでしょ、無担保融資や利益供与のことを？」

「夫の仕事のことは、あまり知らないんですよ」

「そうだろうな。きのう、帝都ホテルの宴会場で京和銀行の鳥塚副頭取が殺されたよね？」

「その事件は、きょうの朝刊に載《の》ってましたね。それが何か？」

「大将は京和銀行から七十数億円、無担保で融資を受けてた。おれの周囲の人間は、金井の大将が東京拘置所から副頭取を始末しろって命令を出したんじゃないかなんて噂《うわさ》してるんですよ。大将は、剃髪頭《スキンヘッド》の殺し屋と親しかったからね」

見城は揺さぶりをかけた。

「あなた、主人が京和銀行の副頭取を誰かに殺させたと疑ってるのねっ」

「そういうわけじゃないが、テレビのニュースで昨夜の事件の犯人は頭を剃《そ》り上げた三十代後半のサングラスの男だって言ってたんでね。犯人の風体《ふうてい》が、大将が目をかけてた殺し屋とそっくりなんだよな」

「だからって、主人が殺人の依頼をしたってことにはならないでしょ！」

「奥さん、そう興奮しないでよ。おれは、そういう噂があるって言っただけなんだからさ」

「それにしても、不愉快だわ」

「おれ、ちょっと無神経だったかな」

「はっきり言わせてもらえば、そうね」

「そっか。今度っから、言葉に気をつけないとな。お詫《わ》びってわけでもないけどさ、ベントレーの掘り出し物があったら、ここで買わせてもらうよ。92年型なら、五百万でもいいけど、色はダークブルーがいいね」

「ベントレーを仕入れる気はありません。ほかの中古外車センターに行ってちょうだいっ」

金井の妻は硬い表情で言い捨て、建物の中に走り入った。

さて、どんなリアクションを起こすか。見城は展示場内をゆっくりと巡り、自分の車に戻った。

一服してから、BMWを発進させる。と、『金井モータース』からブルーブラックのメルセデス・ベンツ500Eが走り出てきた。

車内には、二人の男が乗っていた。どちらも二十六、七歳で、いくらか荒《すさ》んだ印象を与える。『金井モータース』の従業員だろう。

見城は瀬田交差点を左折し、環状八号線に入った。

ミラーを見ると、メルセデス・ベンツは予想通りに追尾《ついび》してきた。見城は、追っ手の二人を近くにある等々力渓谷《とどろきけいこく》に誘い込むつもりだった。そこは、都内とは思えないような自然を残した散歩コースである。

渓谷の底には川が流れ、崖《がけ》の斜面は緑で覆われていた。野鳥の数も多い。川に沿って遊歩道が設《もう》けられているが、平日はあまり人影を見かけない場所だった。

見城は上野毛《かみのげ》を走り抜け、玉川野毛町公園の先で車を停めた。そのまま路上駐車する。

少し待つと、メルセデス・ベンツが五十メートルほど後方に停止した。

まだ四時を回ったばかりだったが、残照は弱々しい。そのうち、あたりは暗くなるだろう。

見城はＢＭＷを降り、等々力渓谷に通じている小道に入った。

追っ手の二人があたふたとベンツから出て、急ぎ足で尾《つ》けてくる。見城も足を速《はや》めた。

すると、後ろで男のひとりが声をあげた。

「おい、あんた！　ちょっと待てよ」

「えっ⁉」

見城は怯《おび》えた顔を装《よそお》い、駆け足になった。

「話があるんだよ」

「待てったら、この野郎ーっ」

男たちが口々に喚《わめ》きながら、猛然と追ってくる。見城は全速力で走り、渓谷の階段を駆け降りた。遊歩道には、人の姿はなかった。

見城は遊歩道を数十メートル走り、崖の樹木の陰に身を潜《ひそ》めた。息を殺す。

数十秒後、二人組の姿が見えた。

見城は動かなかった。男たちは遊歩道のかなり先まで行き、ほどなく引き返してきた。

「逃げ足の速《はや》い奴だな」

「多分、この近くに隠れてるんだろう」

二人は小声で言い交わし、斜面の繁《しげ》みに目を向けはじめた。

　見城は木陰から出て、斜面を蹴《け》った。高く跳《と》び、二人の男に横蹴りと段《だん》蹴りを見舞う。男たちは相前後して、遊歩道に転がった。二人とも、茶系のダブルブレストの背広を着ていた。

「金井の妻に、おれの正体を突きとめろって言われたんだなっ」

　見城は着地すると、二人の男を等分に睨《ね》めつけた。

　右側にいる細身の男が懐《ふところ》から何か摑み出した。バタフライナイフだった。男が立ち上がって、ナイフの刃を起こした。

「てめえ、何者なんだっ」

「金井の知り合いさ」

「ざけんな。素直に正体を吐かなきゃ、血を見ることになるぜ」

「もう少し気の利《き》いた台詞《せりふ》を吐けよ」

　見城は左手にいる男を見た。長い髪を後ろで一つに束《たば》ねている。アメリカでは、サムソンヘアと呼ばれている髪型だ。

　男は金属製のキラーナックルを握りしめていた。指の入る四つの輪の上部は、鋭く尖《とが》っている。第二次世界大戦のとき、ドイツ軍の偵察部隊員たちが愛用していた武器だ。

「そんな物を持ってるようじゃ、おまえら、素《す》っ堅気《かたぎ》じゃないな。中古外車を売るようになるまで、金井の下で使いっ走りをしてたんだろう」

「何者なんだよ、てめえ！　いったい何を嗅《か》ぎ回ってんだっ」

サムソンヘアの男が言うなり、右のロングフックを放った。

見城は半歩退《さ》がり、相手の顔面に揚《あ》げ突きを浴びせた。

長髪の男が呻いて、腰をふらつかせた。見城はキラーナックルを奪い取り、すぐ右手に嵌《は》めた。後ろに倒れそうになったサムソンヘアの男の肩口を片手で摑み、ボディーブロウを二発叩き込んだ。

背広のボタンが音をたてて砕《くだ》け、布地に金属の先端が喰い込んだ。男が声をあげながら、膝《ひざ》から崩れる。上着には、八つの穴が開いていた。

キラーナックルには、うっすらと血がにじんでいる。

「ぶっ殺してやる」

細身の男が逆上し、バタフライナイフを一閃《いっせん》させた。空気が鳴る。風切り音だ。

見城は逃げなかった。威嚇《いかく》の一閃だと見抜いていたからだ。

「どうした？　キラーナックルが怕《こわ》いのか。え？」

「な、なめやがって」

細身の男がナイフを構え直した。

そのとき、サムソンヘアの男が猪《いのしし》のように頭から突っ込んできた。見城は横に動き、相手の脇腹を蹴り上げた。空手道では、稲妻《いなづま》と呼ばれている急所だ。

サムソンヘアの男は腹に手を当て、転《ころ》げ回りはじめた。

「ほんとに殺《や》ってやる！」

細身の男がナイフを振り回しながら、無防備に接近してくる。

見城は退《さ》がらなかった。男を充分に引き寄せてから、三日月蹴りを放つ。蹴りは、相手の金的《きんてき》に決まった。股間である。

男の腰が沈んだ。

見城は男の利き腕を左の払い受けで遠ざけ、相手の顎《あご》を逆拳で突き上げた。キラーナックルの尖鋭《せんえい》な部分が、男の顎《あご》の肉に埋まった。

男が凄まじい悲鳴をあげた。

右手から、バタフライナイフが落ちた。見城は血糊《ちのり》で汚れたキラーナックルを外し、川の中に投げ捨てた。細身の男は、水を吸った泥人形のように頽《くずお》れた。

見城はバタフライナイフを拾い上げ、細身の男の首筋に刃を添わせた。

「女社長に頼まれたんだな？」

「そ、そうだよ」

「やっと喋《しやべ》る気になったか。世話を焼かせやがる」

「……………」

「女社長は、東京拘置所によく行ってるのか？」

「ほとんど毎日、差し入れに行ってるよ」

「最近、金井の妻の許《もと》に三十代後半の剃髪頭《スキンヘッド》の男が訪ねてこなかったか？」

「店には、そんな奴は訪ねてこなかったよ」

「ほんとだなっ」

「嘘《うそ》じゃないよ」

男が言って、血塗《ちまみ》れの顎に手をやった。

「店には、いま女社長しかいないのか？」

「ああ。きょうは店に出てる社員は、おれたち二人だけだから」

「金井は、よく店に顔を出してたのか？」

「逮捕《パク》られる前は、ほとんど毎日、夕方に来てたよ」

「金井が誰かを恨んでた気配は？」

「詳しいことはわからねえけど、京和銀行には何か恨みがあるようなことを言ってたな。

社長の旦那は、京和銀行の不良債権の取り立てをやってたらしいんだよ。その見返りとして、京和から株の購入資金を無担保で融資してもらったという話だった。だけど、銀行に寝首を掻《か》かれたとか言って、ものすごく怒ってたんだ」

「そうか」

見城は男の上着のポケットを探《さぐ》って、ベンツの鍵《キー》を奪った。

「車のキー、どうするんだよ？」

男が訊いた。

見城は左目を眇《すが》め、キーホルダーを遊歩道の下の川に投げ落とした。少しだけ迷ってから、バタフライナイフも川に投げ放った。見城は立ち上がりざま、細身の男のこめかみを強く蹴りつけた。

男は目を白黒させながら、そのまま悶絶《もんぜつ》した。

それを見て、サムソンヘアの男が這《は》って逃げた。見城は追って、男の背に右袈裟《みぎけさ》蹴りを入れた。男は前のめりに倒れた。見城は男を摑み起こし、川に投げ飛ばした。川は浅かったが、派手に水飛沫《みずしぶき》が上がった。

見城はＢＭＷに駆け戻った。エンジンを始動させ、来た道を引き返す。

『金井モータース』まで、十分もかからなかった。

見城は展示場の横に車を駐《と》め、ガラス張りの建物の中に走り入った。金井の妻は事務机に向かって、電卓を叩いていた。

「あ、あんた……」

「ずいぶん荒っぽい社員を雇ってるんだな。ひとりはナイフ、もうひとりの奴はキラーナックルを持ってた」

見城は言いながら、事務机に歩み寄った。

女社長が机上のペン立ての中から、紙切り鋏《ばさみ》を抓《つま》み上げた。顔は引き攣《つ》っている。

「うちの二人は、どうしたのよっ」

「等々力渓谷で遊んでるよ」

「あんた、尾行に気づいて二人を痛めつけたのね。そうなんでしょ？」

「そういうことだ」

「それ以上、近づかないでちょうだいっ」

金井の妻が鋏を逆手《さかて》に持ち替え、椅子《いす》から腰を上げた。

見城は立ち止まらなかった。事務机やキャビネットを回り込み、女社長に一歩ずつ近寄る。金井の妻は後ずさり、奥の休憩室に逃げ込んだ。すぐに内錠《うちかぎ》を掛けた。

見城は休憩室のドアにへばりつくと、手刀打《しゅとう》ちでノブを壊した。ノブは床に落下し、ころころと転がった。

見城は数歩退《さ》がり、ドアを力まかせに蹴った。

錠が弾《はじ》け飛び、ドアが自然に開いた。素早く休憩室に躍《おど》り込む。

休憩室は六畳ほどのスペースだった。テーブルセットと長椅子が置いてあった。金井の妻は隅《すみ》の方で震えていた。鋏は逆手《さかて》に構えたままだ。

「あんた、何者なのよ！」

「そんなことより、金井は京和銀行の不良債権の取り立てをやってたな？」

「なんで知ってるのよ、そんなことまで」

「あんたの夫は、その見返りとして、京和銀行から七十数億円を無担保で借りた。その金で大手証券会社の株を数十万ずつ買って、さらに有望株も買いまくった。ところが、ことごとく持ち株は下がってしまった。で、証券会社に損失を穴埋めさせた。そうだな？」

「金井のビジネスのことは、あまり知らないのよ」

「言い逃《のが》れる気らしいな」

見城は薄笑いした。

そのとき、女社長が鋏を高く振り翳《かざ》しそうになった。見城は前に踏み込み、やすやすと鋏を取り上げた。それから女社長の髪をひと抓《つま》みし、開いた鋏を当てた。

「夫のビジネスのことは知らないって？」

「ほんとに知らないのよ」

「しぶといな、あんた」

「だって、その通りなんだもの」

金井の妻が言い張った。

見城は女社長の頭髪を無造作に切り詰めた。女社長の顔色が変わった。見城は切り取った髪を女の胸許《むなもと》に突っ込んだ。

「な、何をするのよっ」

「近くに屑入《くずい》れが見当たらなかったんでね。少しちくちくするかな？」

「当たり前でしょ」

「それじゃ、楽にしてやろう」

「何する気なの⁉」

金井の妻がたじろいだ。

見城は無言でニットスーツの上着のボタンを鋏で切り落とし、ブラスリップの裾《すそ》を引っ張り出した。下から鋏を入れ、ブラジャーまで切り裂いた。

いくらか垂《た》れ気味の乳房が剝《む》き出しになった。乳首は、やや黒ずんでいる。

「わたしをレイプする気なの⁉」

女社長が目を剝いた。

「そいつは勘違いだ。女の頭を丸刈りにするのは気の毒だと思ったんで、別の手を使うことにしたんだよ」

「わたしをレイプしたら、只《ただ》じゃ済まないわよ」

「悪いが、おれは年上の女には興味がないんだ」

見城は女社長の片方の乳房を鷲摑《わしづか》みにし、乳首に鋏の刃を当てた。両刃で胸の蕾《つぼみ》を軽く挟みつける形だった。

「あんた、変態なのね！」

「そう思いたけりゃ、そう思いなよ。それはそうと、さっきの質問に答えてほしいな」

「………」

「あくまでもシラを切る気なら、乳首を切断することになる」

「や、やめてよ、そんなこと。あんたの言った通りよ」

「金井は、京和銀行に裏切られたようだな？」

「………」

「どうなんだっ」

「そうよ。京和銀行は金井にさんざん汚れた仕事をさせときながら、七十数億円の無担保融資を強《し》いられたなんて嘘《うそ》っぱちを東京地検の人に……」

「それで、金井は逮捕《パク》られることになったわけか」

「ええ、そうよ」

「京和銀行に裏切られた金井は腹の虫が収まらないんで、きのうの晩、殺し屋に副頭取の鳥塚甚之助を始末させたんじゃないのかっ」

「違うわ。金井は京和銀行を恨んでたけど、副頭取殺しなんかさせてない。ほんとよ、嘘なんかついてないわ」

　金井の妻が真剣な顔つきで訴えた。

「なぜ、そう言い切れる？」

「金井は若いころ、殺人未遂で四年数カ月の実刑を喰らってるのよ。刑務所生活は死にたくなるほど辛かったって常々《つねづね》言ってたから、殺人教唆《きょうさ》なんかするわけないわ」

「旦那の親しい奴の中に、三十八、九の剃髪頭《スキンヘッド》の男は本当にいないんだなっ」

「いないわよ、そんな奴」

「金井は、大光証券の法律顧問をやってた馬場って弁護士と何らかの形で会ったことがあるんじゃないのか？」

「夫から、馬場なんて名を聞いたことはないわ」

「野々村証券の木原総務部長とは接触があったはずだ」

「その人の名前は知ってるわ」

「金井が木原と何か揉《も》めてたことは？」

「断定的なことは言えないけど、そういうことはなかったと思うわ」

「金井は、同業の池上悠や神保数馬と面識があるな？」

「ええ、二人ともよく知ってるはずよ」

「池上か神保のことで、金井はあんたに何か言ってなかったか？」

「ううん、特に何も言ってなかったけど」

「そうか。手荒なことをして悪かったな」

見城は謝罪し、鋏をテーブルの向こうに投げ放った。

「冗談じゃないわよ。謝って済むことじゃないでしょ」

「そのうち、何か車を買いに来るよ」

「あんたに売る車なんて一台もないわ！」

金井の妻が怒鳴《どな》った。

見城は肩を竦《すく》め、女社長に背を向けた。数メートル歩くと、腰に何かが当たった。見城は反射的に足を止めた。すぐ横にハイヒールが転がっていた。

これぐらいのことは赦《ゆる》してやろう。
見城は振り向かずに、ふたたび歩きだした。徒労感が濃かった。

第四章　邪悪な陰謀

1

袋小路に迷い込んだら、表通りまで戻る。

それが調査の鉄則だ。最初の被害者の馬場弁護士の遺族に会うべきだろう。

見城は喫《す》いさしの煙草を灰皿に突っ込み、ＢＭＷを発進させた。『金井モータース』を出て、およそ五分後だった。

馬場の自宅は杉並区内にある。目的の家を探し当てたのは小《こ》一時間後だった。

八十坪ほどの敷地に、小ぎれいな二階家が建っていた。生垣《いけがき》が巡らされ、庭木も多かった。

見城はＢＭＷを馬場邸の生垣の際《きわ》に駐め、門柱に近づいた。インターフォンのボタンを押す。

ややあって、中年女性の声で応答があった。

「どちらさまでしょうか？」

「新宿署の者です。実は二、三、確認しておきたいことがありましてね」

「そうですか。門扉《もんぴ》はロックしてありませんので、どうぞお入りください」

「はい」

見城は邸内に入り、アプローチを進んだ。玄関灯が点《つ》き、ポーチに四十二、三歳の気品のある女性が現われた。未亡人だろう。

「ご苦労さまでございます」

「スピード解決できると読んでいたのに、捜査に行き詰まってしまって、申し訳なく思っています。申し遅れましたが、中村《なかむら》といいます」

見城は偽名を使い、模造警察手帳を短く呈示した。

「良子《りょうこ》です。主人のことで、新宿署の方たちにはご迷惑をかけてしまいまして」

「いいえ、そんな」

「どうぞお入りください」

良子と名乗った未亡人が、玄関のドアを大きく開けた。

見城は一礼し、玄関に入った。通されたのは、玄関ホールに接した十畳ほどの応接間だった。

未亡人は見城をソファに坐《すわ》らせると、応接間から出ていった。茶の用意をするためだろう。見城は、見るともなく部屋の中を眺《なが》めた。ソファセットも飾り棚も、いかにも高価そうだ。壁には、著名な洋画家の油彩画が掲《かか》げられている。二十号ほどの大きさだった。

馬場は人権派のレッテルを自分の手で引き剝《は》がしてからは、もっぱら物質的な豊かさを追い求めていたのだろう。

見城はそう思いながら、ロングピースをくわえた。

一服し終えて間もなく、鎌倉彫《かまくらぼ》りの盆を持った未亡人が応接間に戻ってきた。盆の上には二人分の茶が載《の》っている。

「奥さん、どうかお構いなく」

「粗茶《そちゃ》を差し上げるだけですので」

「お嬢さんの心臓の具合は？」

「おかげさまで、手術後はすっかり健康になりました。ただ、父親があんなことになりましたので、ショックを受けていますが……」

「当分、お辛《つら》いと思います」

見城は同情を込めて言った。その感情は演技ではなかった。

良子が向かい合う位置に腰かけ、見城の前に日本茶を置いた。

「実は証券業界の方から、馬場さんが野々村証券の木原総務部長と一緒に、東興証券や準大手五社に共同戦線を張って業界から総会屋を一掃しようと呼びかけてたという話を聞いたんですよ」

「その話は初めてうかがいました。ですけど、亡くなった夫は半年ぐらい前から、日本の企業はブラックジャーナリストや総会屋との腐れ縁を断ち切らないと、本格的なビッグバン時代に入ったら、とても外国企業に太刀《たち》討《う》ちできなくなるだろうと何度も言っていました」

「そういうお話なら、ご主人が総会屋の閉め出《しだ》しを呼びかけてたことは事実なんでしょう。大光証券は、池上、金井、神保という三人の大物総会屋に利益供与を強《し》いられて、損失補塡《ほてん》額が総額で数百億円になってましたからね」

「詳しいことは存じませんけど、大光証券が総会屋対策に頭を悩ませていたことは事実だと思います」

「馬場さんは、かつて人権派弁護士として鳴らした方だから、証券業界を単に護《まも》りたいというだけじゃなく、義憤《ぎふん》を感じられてたんじゃないのかな」

「そういう側面もあったと思います。夫は数年前から、大企業や資産家の利益に貢献するだけの弁護活動は虚《むな》しいと酔ったときに言うようになっていましたから」

「すると、やはり馬場さんや木原さんは総会屋たちを刺激したんで、命を奪われることに……」

見城は緑茶を口に運んだ。玉露だった。

「おそらく、そうなんでしょうね。ただ、いつも見えてた刑事さんたちは、犯人を絞り込む証拠が少なすぎてとおっしゃっていました」

「そうなんですよ。それで、わたしがお邪魔したわけなんです。ご主人の虎《とら》ノ門《もん》の事務所に、総会屋が押しかけたことは？」

「そういう話は聞いておりませんでした」

「確かそうでしたね。ご自宅にも柄《がら》の悪い連中は押しかけてこなかった？」

「はい、そういうこともありませんでした。ただ、ほかの刑事さんに申し上げたことなんですけど、主人がいないときに玄関先で飼い犬が手斧《ておの》で頭を一撃されたことは……」

良子が語尾を呑《の》んだ。見城は話を合わせた。

「ああ、そうでしたよね。そういう厭《いや》がらせがあった後、ご主人は花園神社の境内でインディアン・トマホークで撲殺《ぼくさつ》されることに……」

「ええ、そうです」

「現場に署の同僚刑事の運転免許証が落ちてたので、最初はその男をマークしてたんですがね」

「その話は広瀬刑事さんから聞いています。でも、あまりに作為《さくい》的なんで、同僚の方の疑いは晴れたとか？」

「そうなんですよ。殺人犯に仕立てられそうになった同僚から事情聴取してみたのですが、彼に濡衣《ぬれぎぬ》を着せようとした人物が浮かび上がってこないんです」

「警察の方たちも大変でしょうけど、一日も早く犯人を捕まえてください」

「もちろん、そのつもりです。うちの署の刑事を犯人に見せかけようとした卑劣《ひれつ》な奴は、断じて赦《ゆる》せません。警察の威信に懸《か》けても、必ず近いうちに真犯人を逮捕します」

「よろしくお願いします」

「ご主人のオフィスは、どうされるんでしょう？」

「畳《たた》むつもりです、残念ですけど」

良子が無念そうに言って、下を向いた。

見城は未亡人に励《はげ》ましの言葉をかけ、馬場の家を出た。ＢＭＷに乗り込み、フリーハンズ装置に携帯電話をセットする。百面鬼に、きょうのことを伝える気になったのだ。

そんなとき、着信音が響きはじめた。

「おれだよ」

電話の主は百面鬼だった。

「いま、百《どう》さんに電話しようと思ってたところなんだ。金井はシロだね。それから、馬場の奥さんにも会ってきた」

「見城ちゃん、その話は後で聞くよ。牙がおれの実家の墓地に、誰かを使ってダイナマイトを投げ込ませやがったんだ」

「なんだって⁉」

「十数基の墓石が吹っ飛んで、納骨室《カロート》の中の骨壺《こつつぼ》まで幾《いく》つか砕け散ったらしい。牙の話は悪い冗談だと思ってたんだが、電話で親父に確かめたら、事実だったんだ」

「で、敵の要求は？」

「まず練馬の実家に戻って、本堂の階《きざはし》の下に置いたビデオを観《み》ろって命令だった」

「ビデオには何が映ってるんだろう？」

「見当もつかねえよ。そんなわけで、おれは実家に行くことになったんだ。そっちは、おれの実家に二、三度、遊びに来たことがあったよな？」

「ああ」

「いま、どこにいるんだ?」

「杉並だよ」

「それじゃ、練馬のおれんちに来てくれねえか。おそらく寺の周《まわ》りに、牙の仲間が隠れてるだろう。そいつを見つけて、こっそり尾行してくれねえか」

「オーケー! これから、すぐに練馬に向かうよ」

見城は電話を切り、BMWを慌《あわ》ただしく発進させた。

百面鬼の生家である知恩寺《ちおんじ》は、練馬区東大泉《ひがしおおいずみ》にあった。天沼《あまぬま》の住宅街を横切って、早稲田《わせだ》通りまで進んだ。左折し、道なりに進む。

石神井《しやくじい》公園を抜けて目白通りを越え、西武《せいぶ》池袋線の線路の少し手前を右に曲がった。

知恩寺の前には、赤色灯を瞬《またた》かせたパトカーと消防車が二台ずつ縦に駐《と》めてあった。

道路は片側通行になっていた。

見城はBMWを脇道《わきみち》に入れ、グローブボックスを開けた。変装用の黒縁眼鏡をかけ、前髪を額いっぱいに垂らす。

見城は車を降り、知恩寺の前まで歩いた。門の前には、大勢の野次馬が集まっていた。

報道関係者の姿も目立つ。制服警官が数人、野次馬たちの前に立ちはだかっている。

見城は知恩寺の境内を覗《のぞ》き込む振りをしながら、群れている人々の様子をひとりずつ見た。不審な素振りをする者は見当たらなかった。

見城はさりげなく人垣から遠ざかり、寺の裏手に回った。知恩寺の墓地側は六メートルほどの公道に面している。そこにも、路上で立ち話をしている人たちがいた。近所の住民だろう。

見城はコンクリートの万年塀《まんねんべい》の端まで進み、知恩寺の隣に建っているアパートの前にたたずんだ。

左右をうかがう。近くに人影は見当たらない。

見城は入居者のような顔をして、アパートの門を潜《くぐ》った。知恩寺とアパートの境界線はブロック塀だった。

見城は背伸びをして、寺の墓地を覗いた。

テレビ撮影用のライトが幾つか見える。ダイナマイトで爆破された墓石は、本堂寄りの区画だった。テレビ局のニュースクルーが墓石の残骸《ざんがい》や焼け焦《こ》げた卒塔婆《そとば》を熱心に撮影している。

見城はブロック塀を乗り越え、寺の敷地に入った。

塀に沿《そ》って、目隠しの常緑樹が並んでいる。見城は樹木に身を隠しながら、墓地の暗がりを透《す》かして見た。と、左手の墓石の陰に誰かがうずくまっていた。男のようだ。

見城は足音を殺しながら、怪しい人影の背後に忍び寄った。男は墓石と墓石の間に屈《かが》み込んで、ライターの炎で石畳の上を照らしていた。

「おい、そこで何をしてるんだっ」

見城は怒鳴《どな》った。

うずくまっていた男が驚きの声をあげ、立ち上がった。そして、ライターの炎を前に突き出した。

「なあんだ、唐津さんだったのか」

「おたくだったのか。びっくりさせるなよ。心臓が引っくり返りそうになったじゃないか」

「何をしてたんです？」

「このあたりに、おかしな男がいたんだよ。黒いニット帽を被《かぶ》った大柄な奴が墓石にへばりつくような感じで、本堂の様子をうかがってたんだ。おれに見られてることに気がつくと、そいつはそこのブロック塀を乗り越えて逃げていった。それで、その男が何か落としていったんじゃないかと思って、石畳の上を検《しら》べてたんだよ」

唐津が一息に喋《しゃべ》った。

「そうだったのか。逃げた奴は、いくつぐらいでした？」

「暗かったんで正確な年恰好《としかっこう》はわからないが、まだ四十前だろうな。体の動きが機敏だったからね。誰か思い当たるのか？」

「別にそういうわけじゃないんですよ」

「おたくこそ、なんでこんな所にいるんだ？」

「百《どう》さんから電話があって、何者かがダイナマイトを墓地に投げ込んだって話を聞いたんで、駆けつけたんですよ」

「おれも百面鬼の旦那《だんな》の実家の墓地が荒らされたってニュースを社で聞いて、ここにやってきたんだ」

「そうですか。逃げた奴が爆破犯なんですかね？」

「いまの段階じゃ、なんとも言えないな。男が落としたと思われる物は何も見つからなかったんだよ」

「それにしても、怪しい奴だな」

「そうだね。わけのわからない事件だ。犯人は墓の下に眠ってる死者に恨みでもあったんだろうか。いや、そんなことで、わざわざダイナマイトなんか使わないだろう。死んだ人間に恨みがあるんだったら、遺骨を盗み出して、ハンマーか何かで粉々にする気になるだろうからな」

「そうですね」

見城は相槌《あいづち》を打った。

「こいつは寺に対する厭《いや》がらせだな。住職、まさか若い人妻を寝盗《ねと》ったんじゃないだろうな」

「百《どう》さんの親父さんは、もう七十過ぎですよ。そういうことは……」

「冗談だよ、冗談。倅《せがれ》は病的な女好きだが、親父さんは堅物みたいだからな。そういえば、やくざ刑事は家にいるのか?」

「さあ、どうなんでしょうね。おれに電話をくれたときは四谷にいると言ってたから、まだ家には着いてないかもしれないな」

「ちょっと本堂か庫裏《くり》を覗いてみるか」

唐津が先に歩きだした。

見城は困惑したが、反対するのも妙だった。それに反対したら、勘《かん》のいい唐津は訝《いぶか》しがるだろう。

二人は墓地を抜け、本堂の前に出た。住職が報道陣に取り囲まれ、紅潮した顔で質問に答えていた。

見城は視線を巡らせた。

百面鬼の姿は見当たらなかった。しかし、境内の隅に百面鬼の覆面パトカーが駐めてあった。

「あのクラウンは旦那の覆面《メン》パトだな」

唐津が言って、本堂と棟《むね》続きになっている住居の玄関に足を向けた。

まずい流れになった。見城は胸奥《きようおう》で呟《つぶや》いた。唐津も、この家には何度か遊びに来ている。彼は勝手に玄関の三和土《たたき》に入り、大声で告げた。

「毎朝日報の唐津です。おばさん、竜一君は戻ってるんでしょ？」

「ええ、おりますよ」

百面鬼の母親がそう言いながら、大きな屏風《びようぶ》の陰から現われた。小柄で、髪は真っ白だ。皺《しわ》も目立つ。

見城は会釈《えしやく》した。

「あら、見城さんも一緒だったのね。どうぞ上がってくださいな。いま、竜一を呼んできますので」

「それじゃ、お邪魔します」

唐津がそう言って、先に靴を脱いだ。

二人は広い和室に通された。優《ゆう》に三十畳はあった。漆塗《うるしぬ》りの座卓が三つも並び、それぞれに座蒲団《ざぶとん》が敷かれている。

百面鬼の母親は見城たちを座卓につかせると、二階に上がっていった。少し待つと、百面鬼が客間に降りてきた。家の中でも、トレードマークのサングラスをかけていた。

「大変なことになったね。詳しく教えてくれないか」

唐津が百面鬼に声をかけた。

「おれ、たったいま戻ったところなんだよ。詳しいことは親父に訊《き》いてくれねえか」

「そうするか」

「檀家《だんか》に親父はブーブー言われそうだな、墓地の管理がどうとかさ」

百面鬼が他人事のように言って、座蒲団の上にどっかと坐《すわ》った。

それから間もなく、住職夫人が茶を運んできた。昆布茶《こぶちゃ》だった。

三人で茶を啜《すす》っていると、百面鬼の父親が客間に入ってきた。見城たち二人は住職に挨《あい》拶《さつ》した。

「同じ話を何度もさせて申し訳ありませんが、事件のことを詳しく教えていただけますか?」

唐津が取材ノートを取り出した。

百面鬼の父親は快諾《かいだく》し、唐津の前に正坐した。慌《あわ》てて唐津も居ずまいを正す。

「部屋に煙草を置いてきちまったな。ちょっと取ってくらあ」

百面鬼が見城に目配《めくば》せして、おもむろに立ち上がった。見城もトイレを借りる振りをして、客間を出た。

一間幅《いっけんはば》の廊下に出ると、奥の納戸《なんど》の前に百面鬼が立っていた。

見城は百面鬼と一緒に納戸に入った。壁際にパイプ椅子《いす》や夏用の籐製《とうせい》のリビングソファセットが寄せてあった。

「百《どう》さん、ビデオは観《み》た？」

「ああ。山中湖のログハウスの中が映ってた。血塗《ちまみ》れの木原のそばに、トマホークを握ってるおれが倒れてるシーンが鮮明に映ってやがった。牙はあのビデオを切札にして、また、おれに何かやらせる気にちがいねえよ。くそったれが！」

百面鬼が拳《こぶし》で、自分の左手の掌《てのひら》を打ち据《す》えた。そのすぐ後、彼の上着の内ポケットで携帯電話が鳴った。

百面鬼が緊張した顔で、携帯電話を取り出した。見城は息を詰めて、携帯電話に耳を近づけた。

「わたしだ、牙だよ。ビデオを観た感想はどうかね？」

「ふざけんな。今度は、おれに何をやらせる気なんだっ」

百面鬼が怒声《どせい》を張り上げた。

「野々村証券の手嶋洋太郎《てじまようたろう》社長のひとり娘の舞弥《まや》をレイプしてもらおう。もちろん、強姦《ごうかん》シーンをビデオテープに収めてもらわないと困る」

「そんなことできるかっ」

「やらなきゃ、木原と一緒に映ってるビデオを警察に届けることになるな。手嶋父娘《おやこ》に関するデータは何らかの方法で、知恩寺に明日中に届ける。明日を含めて三日以内に命令を実行に移さなかった場合は、今度は本堂を爆破し、きさまの両親も始末する」

牙が例のくぐもり声で告げ、急に電話を切った。

「汚《きたね》え野郎だ。おれは、女なんか姦《や》らねえぞ。そこまで堕《お》ちちゃいねえ」

「百《どう》さん、まだ時間があるんだ。知恵を絞れば、うまく切り抜ける方法があるはずだよ」

見城は言った。しかし、別に妙案があるわけではなかった。

二人の会話は途切れた。

2

きょうが期限日だった。

敵の要求を実行しなければ、百面鬼は苦境に追い込まれることになる。あと七時間もない。見城は焦躁感《しょうそうかん》を覚えながら、隅のテーブル席にいる手嶋舞弥の様子をうかがっていた。

六本木《ろっぽんぎ》の喫茶店である。午後五時過ぎだった。

二十五歳の舞弥は売り出し中の声楽家である。生真面目《きまじめ》そうなタイプだが、顔立ちは悪くない。舞弥はココアを飲みながら、仕事仲間と談笑していた。相手は同世代の女性である。

見城は舞弥が仕事仲間と別れたら、彼女に麻酔注射をうつつもりだった。といっても、意識を失った舞弥を百面鬼に犯させる気はなかった。

舞弥の自由を奪うのは、敵の目を欺《あざむ》く必要があったからだ。野々村証券の社長令嬢が眠っている間に、百面鬼は特殊メイクで舞弥そっくりに化けさせた知り合いの風俗嬢を抱く。そういう段取りになっていた。追いつめられた百面鬼と見城が知恵を絞り合って、ようやく思いついた苦肉の策だった。

真理《まり》という名の二十一歳の風俗嬢の面差《おもざ》しは、舞弥によく似ていた。しかし、造作《ぞうさく》は微妙に異《こと》なる。

その相違点を百面鬼の知人の特殊メイクアップ・アーティストが舞弥の写真を見なが

ら、極力《きょくりょく》、埋めてくれたはずだ。とはいえ、舞弥と真理はまったくの他人同士である。たとえ特殊メイクでどんなに似せても、瓜《うり》二つというわけにはいかないだろう。敵が替え玉を使ったと知ったら、最悪な事態に陥《おちい》るかもしれない。

百面鬼は、なんの罪もない手嶋舞弥を強姦するわけにはいかないと言いつづけた。見城は、やくざ刑事の選択を即座に支持した。

それにしても、危険な賭《か》けだ。替え玉作戦が失敗したら、とんでもないことになる。見城は、卑劣な牙に烈《はげ》しい憎悪を覚えた。

舞弥が連れの若い女性と腰を浮かせたのは、ちょうど五時半だった。見城は二人につづいて、レジに向かった。

舞弥は店の前で仕事仲間と別れると、芋洗坂《いもあらいざか》を下《くだ》りはじめた。彼女は、坂の途中にレモンイエローのフィアットを駐《と》めてあった。見城も、坂道にBMWをパークさせていた。

舞弥は、自由《じゆう》が丘《おか》にある自宅にまっすぐ帰る気なのか。それとも、別の誰かと食事をすることになっているのだろうか。

どちらにしても、いましかチャンスはなさそうだ。

見城は歩きながら、鹿革《しかがわ》ジャケットのポケットから金属製の注射器入れを取り出した。中には、全身麻酔薬チオペンタール・ナトリウム溶液の詰まった注射器が収まっている。

きのう、悪徳麻酔医から脅《おど》し取った物だった。その五十代の麻酔医は、でたらめな診療報酬請求書《レセプト》で私腹を肥やしていた。

舞弥がフィアットのかたわらで足を止めた。

見城は金属ケースから注射器を抓《つま》み出した。針のキャップを外し、プランジャーを押して空気を抜く。針穴から漏《も》れた溶液は、ほんの一滴だった。

麻酔効果が薄れるほどの量ではない。個人差もあるが、二十五ミリグラムの麻酔溶液を静脈に射《う》てば、たいてい一分以内に意識が混濁《こんだく》する。しかし、素人《しろうと》が静脈注射をすることは難しい。まして相手の不意を打つわけだから、なおさら容易ではない。

筋肉注射の場合は、効き目が遅い。しかも、注射された者は痛みを感じる。強アルカリ性の溶液が組織壊死《えし》を誘発させるからだ。といっても、生命《いのち》に別条はない。半日か、一日ほど筋肉が痛むだけである。

舞弥が腰を屈《かが》め、ドアの鍵穴《かぎあな》に鍵《キー》を差し込んだ。

見城は舞弥に走り寄った。気配で、舞弥が振り向こうとした。

振り向ききらないうちに、見城は舞弥の白い首筋に注射針を突き立てた。プランジャーを一気に押す。麻酔薬溶液は舞弥の体内に注入された。

「な、何をしたの⁉」

舞弥が体ごと振り返った。

騒がれると、面倒なことになる。見城は舞弥を抱きしめ、強引に唇を重ねた。

舞弥が全身で、必死にもがいた。しかし、所詮《しょせん》は女である。男の力にはかなわない。じきに舞弥は、くぐもった声を洩《も》らすだけになった。

見城は舞弥の唇を吸いつづけた。遠目には、恋人同士が甘いくちづけを交わしているようにしか見えないだろう。

二分ほど過ぎると、舞弥の体から少しずつ力が抜けた。

見城は舞弥の体を支《ささ》えながら、フィアットのドアから鍵を抜き取った。注射器と車の鍵をレザージャケットのポケットに素早く入れ、両腕で舞弥の腰を抱き直した。

ちょうどそのとき、舞弥は意識を失った。ほとんど同時に、体重が見城の両腕にかかってきた。といっても、せいぜい四十七、八キロの重さだろう。支えるのに、さほど苦労はなかった。

見城は、ぐったりとした舞弥を自分の腰に載《の》せた。そのまま坂道を下《くだ》り、ＢＭＷの後部座席に社長令嬢を寝かせた。

予《あらかじ》め用意しておいた毛布で首まで隠し、フィアットの鍵を舞弥のハンドバッグの中に入れる。当然のことだが、自分の指紋はハンカチで拭《ぬぐ》った。

見城は使用済みの注射器を金属ケースに戻し、運転席に入った。すぐに車を出し、横道に逸《そ》れる。

麻布《あざぶ》警察署の裏手で、見城はＢＭＷを路肩に寄せた。新宿のウィークリーマンションにいる百面鬼に電話をする。

「いま、手嶋舞弥を眠らせたよ」

「そうかい。それじゃ、これから舞弥になりすました真理とナニすることにすらあ」

「百《どう》さん、ビデオカメラはちゃんとセットした？」

「ああ。抜かりねえよ。ビデオカメラはベッドの真横にセット済みだ」

「真横は、まずいな」

「どうして？」

「いかにもヤラセ臭《くさ》いでしょ？」

「そうか、そうだな。カメラのアングルを変えるか」

「そうしたほうがいいと思うよ。それから、いつもの小道具は用意してある？」

「小道具？　ああ、喪服のことか。もちろん、用意してあるよ。けど、なんか自信ねえな」

百面鬼が力なく言った。

「自信がないって、エレクトしないかもしれないってこと？」

「そう。真理はおれの趣味のことを知ってるから、別に問題はねえんだよ。でもさ、リモコンでビデオカメラを操作しながらじゃ、なかなか勃起《ぼっき》しねえんじゃねえかな。それが心配なんだよ」

「真理って娘《こ》に、たっぷりサービスしてもらえば、なんとかなるだろう」

「だといいけど、やっぱりビデオカメラのことは気になるな」

「とにかく、トライしてみなよ。ビデオ撮影が終わるまで、舞弥は押さえておくからさ」

見城は電話を切った。

後部座席に舞弥を乗せたまま、盛り場を走り回るわけにはいかない。見城はＢＭＷを神《じん》宮外苑《ぐうがいえん》まで走らせた。

国立競技場の裏手の暗がりに車を駐め、手早くヘッドライトを消した。

少し離れた場所に乗用車が見えるが、人影はなかった。ここなら、誰かに後部座席を覗かれる心配はないだろう。舞弥は身じろぎ一つしない。三時間は麻酔から醒《さ》めないはずだ。

煙草を三本喫《す》ったとき、百面鬼から電話がかかってきた。

「まいったよ、見城ちゃん。ナニが半立ちにしかならねえんだ。それに、真理の演技が下手《へた》でさ。ちっとも怯《おび》えてるように見えねえんだよ」

「それは困ったな」

「何かいい考えはねえか？」

「手錠《ワッパ》持ってるよね？」

「ああ」

「二、三発ビンタを浴びせて、後ろ手錠を打ってみたら？　そうすれば、真理って娘《こ》も本気で演技をする気になるんじゃないか」

「とにかく、やってみらあ」

「百《どう》さん、あんまり焦《あせ》らないほうがいいよ。焦ると、かえって逆効果だからね」

見城は言って、電話を切った。ふと彼は、知恩寺の近くで朝から張り込んでいる松丸に連絡をとる気になった。

ワンコールで電話は繋《つな》がった。

「松丸っす」

盗聴器ハンターが緊張した声で言った。

「おれだよ」

「なんか失敗《ドジ》ったんすか？」

「おれはうまく手嶋舞弥を眠らせることができたんだが、百《どう》さんにちょっと問題がな」

見城は、百面鬼から聞いた話をそのまま伝えた。

「スケベ男らしくないっすね。オタオタしてる極悪刑事の姿を想像すると、なんかおかしいな」

「松ちゃん、笑いごとじゃないぞ」

「そうっすね」

「そっちの様子は？」

「別に怪しい男は、知恩寺の周《まわ》りにはいないっす」

「そうか」

「でも、毎朝日報の唐津さんが一時間ぐらい前に墓地を覗き込んでたっすね。まさか唐津さん、敵の動きがわかってるんじゃないだろうな」

「それはないと思うよ。しかし、あの旦那《だんな》は先日の爆破騒ぎの裏に何かあると睨《にら》んだんじゃないのかな」

「そうか。それで唐津さんは、知恩寺の様子をうかがいに来たんすね」

「多分、そうなんだろう。松ちゃん、車輛《しゃりょう》追跡装置の点検は？」

「もう終わりました。それから、電波発信器は予備を含めて三台積んであります」

「そいつは助かる」

「敵は今夜中に、百《どう》さんが風俗嬢とナニしてるところが映ってるビデオを渡せって言いますかね？」

「うるさく期限を切ったんだから、すぐにもビデオを観《み》たがるにちがいない」

「だろうな。ビデオの受け渡し場所がどこであっても、敵の車に電波発信器を取り付けりゃ、絶対にアジトは突きとめられるっすよ」

「それは可能だろうが、牙は何か意外な方法でビデオを受け取る気でいるのかもしれないぞ」

「たとえば、どんな方法が考えられます？」

松丸が訊いた。

「橋の上から下のモーターボートにビデオテープを投下しろとか、逆に長い石段の下から上に投げろなんて百《どう》さんに指示するかもしれないな。あるいは、受け渡し場所をめまぐるしく変えるとか」

「それは、尾行を警戒してっすね？」

「ああ、そうだよ。牙は強《したた》かな奴だ。簡単に尻尾《しっぽ》を摑ませるようなヘマはしないだろう」

「そうかもしれないっすね。それから、ビデオテープに映ってる女は、手嶋舞弥の替え玉だと見抜くかも……」

「その可能性はゼロじゃないだろう」

「こっちの小細工がバレたら、敵は本気で知恩寺の本堂を爆破して、百《どう》さんの両親を始末する気なんすかね？」

「単なる脅迫だと思いたいが、腹いせに本気で予告したことをやるかもしれないな」

「そんなことになったら、最悪っすね」

「ああ。そうさせないためにも、なんとか敵の正体を摑みたいんだ」

「そうしたいっすね。それはそうと、敵はなんで野々村証券の手嶋社長を直《じか》に狙《ねら》わなかったんすか？　おれ、そのへんがよくわかんないんっすよ」

「おそらく牙は、百《どう》さんと手嶋社長をじわじわと苦しめてから、とどめを刺す気なんだろう」

「もしかしたら、牙は極悪刑事に手嶋社長を殺せって命じる気なんじゃないっすか？」

「考えられないことじゃないな」

「敵は、池上悠か神保数馬と繫がりのある人物なんでしょ？」

「おれはそう推測してるんだが、それを決定づける材料がないんだよ」

「そうっすか」

「百《どう》さんから連絡が入ったら、すぐに松ちゃんに電話するな」

見城は通話を打ち切った。

百面鬼から電話がかかってきたのは数十分後だった。

「やっとナニできたよ。発射は無理だったけどさ」

「平手打ちをして、後ろ手錠を打ったのかな？」

「ああ、そっちのアドバイス通りにな。そうしたら、真理は演技に身を入れるようになった。女は誰も生まれつき女優なんだって言われてるけど、まさにその通りだな」

「百《どう》さん、そんな呑気《のんき》なことを言ってる場合じゃないでしょ！」

「そうだな。悪い、悪い！　そんなことだからさ、もう手嶋舞弥は解放してやってくれや」

「わかった」

「舞弥の麻酔は、まだ切れてねえのか？」

「うん、そう」

「松《まつ》のほうに何かあったって？」

「いや、敵の人間らしい姿は見かけてないそうだ。ただ、唐津さんの姿を見かけたらしいんだよ」

見城は言った。

「あの新聞記者《ブンヤ》、何か嗅《か》ぎつけたのかね」

「そうかもしれないな。唐津さんに先を越されるのはまずいから、少し彼の動きにも注意しよう」

「そうだな。見城ちゃん、松に連絡して後でこっちに来てくれねえか。そのうち、牙の野郎がビデオの受け渡し場所を指示してくると思うんだよ。よろしくな！」

百面鬼が先に電話を切った。

見城は松丸に連絡をとり、車を六本木の芋洗坂に向けた。

二十分そこそこで、目的地に着いた。

フィアットのすぐ後ろにＢＭＷを停め、ハンドバッグからイグニッションキーを取り出した。先にフィアットのドア・ロックを解《と》き、舞弥を運転席に移す。

このままでは、風邪をひくだろう。

見城は舞弥の体をシートベルトで固定すると、エンジンを始動させた。

車の鍵は素手では摑まなかった。ハンカチで鍵を包み、イグニッションキーを回したのだ。カーエアコンの設定温度は二十四度になっていた。

見城は自分のＢＭＷに戻り、外苑東通りに向かった。百面鬼は、厚生年金会館の裏手にあるウィークリーマンションにいた。久乃は、まだ四谷のホテルにいるはずだ。

3

箱根《はこね》ロープウェイが動きはじめた。

翌朝の十一時だった。ゴンドラには百面鬼が乗り込んでいた。

ほかには老夫婦しか乗っていない。

見城は芦《あし》ノ湖畔《こはん》の桃源台《とうげんだい》ロープウェイ発着所の近くに立っていた。十数メートル離れた場所には、松丸の黒いワンボックスカーが停まっている。

運転席の松丸はシートに凭《もた》れ、居眠りをしていた。

昨夜、見城たち三人はウィークリーマンションで牙からの連絡を待ちつづけた。しかし、窓の外が明るくなっても百面鬼の携帯電話は鳴らなかった。

牙から連絡があったのは今朝の六時半だった。ビデオテープをクッション封筒に入れ、午前十一時に桃源台駅を発《た》つ箱根ロープウェイに乗れ——牙は百面鬼にそう指示して、すぐに電話を切った。

百面鬼は一足先にウィークリーマンションを出た。見城と松丸は数十分後に東京を出発した。ＢＭＷはウィークリーマンションに置いてある。尾行に二台の車を使うと、敵の目につきやすい。見城はそう判断し、松丸のワンボックスカーに乗り込んだのだ。

ロープウェイのゴンドラは姥子《うばこ》駅に向かって、ゆっくりと進んでいる。

牙は、クッション封筒に収めたビデオテープをゴンドラから地上に投げ落とさせる気にちがいない。百面鬼と見城は、それぞれ左手首にスポーツウォッチ型の特殊無線機を嵌《は》めていた。

見城はトークボタンを押した。

「ゴンドラを追ってる車は？」

「見えねえな」

「おそらく牙はゴンドラの窓を破って、開いた扉からビデオを地上に投げろって指示してくるんだろう」

「ああ、多分な」

「おれたちは、これからロープウェイを追う。何か動きがあったら、無線連絡を頼む」

「了解！」

百面鬼の声が途切れた。

見城は陽光を乱反射させている湖面に目をやりながら、ワンボックスカーに近づいた。

助手席のドアを開けると、松丸が瞼《まぶた》を開けた。

「おっと、いけねえ。うっかり居眠りしちゃったすよ」

「眠いだろうが、もう少し我慢してくれないか」

見城は助手席に坐り込んだ。シートベルトは掛けなかった。何かあったとき、すぐに車から飛び出せるようにしておきたかったのだ。

松丸がワンボックスカーを発進させた。

箱根芦ノ湖ホテルの前を通り抜け、姥子温泉方面に向かう。すでにロープウェイのゴンドラは姥子駅の手前まで進んでいた。姥子温泉街のあたりまで、ロープウェイと道路は並行に走っている。しかし、その先の道は大きく迂回《うかい》していた。

やがて、ゴンドラは見えなくなった。

ワンボックスカーは仙石原《せんごくはら》の分岐点まで進み、大涌谷《おおわくだに》方面に走った。依然として、百面鬼からのコールはない。大涌谷自然科学館の前でUターンし、仙石原の分岐点に引き返す。右に曲がって、早雲山《そううんざん》の裾野《すその》を回り込んだ。

早雲山駅の少し手前で、箱型のゴンドラが見えてきた。

ロープウェイは桃源台と早雲山の間を三十五分で結んでいる。早雲山駅は東の発着駅だ。その先はケーブルカーを利用しなければならない。

「敵は、強羅《ごうら》にいるんすかね？　だとしたら、百《どう》さんはケーブルカーに乗り換《か》えさせられるな」

松丸がそう言い、ホテル早雲閣《そううんかく》の先で車を路肩《ろかた》に寄せた。前方にロープウェイの発着所が見える。

百面鬼の乗ったゴンドラが静かに発着所に滑り込んだ。

「発着所まで行ってみます？」

「それはやめとこう。きっと発着所には、敵の人間がいるにちがいない」

「そうか、そうっすね」

「多分、敵は百《どう》さんに付録がいるかどうかチェックしてるんだろう。百《どう》さんから連絡があるまで、ここで待とう」

見城は煙草をくわえた。松丸は飲みかけの缶コーヒーを傾けた。

短くなったロングピースを灰皿に突っ込んだとき、左手首のスポーツウォッチ型無線機が小さな放電音をたてた。見城は特殊無線機を顔に近づけ、トークボタンを押し込んだ。

「おれだ。いま、早雲山駅にいる。牙から電話があって、折り返しのロープウェイに乗れって指示だったよ。その後のことは、また電話で命じるって話だった」

「了解！」

「くそったれめ。何を考えてやがるんだ。おれを振り回して、面白がってるんじゃねえのかっ」

　百面鬼が腹立たしげに毒づいた。

「そうじゃないだろう。敵は、百《どう》さんがひとりで箱根に来たかどうかを確かめたかったんだと思うよ」

「そうかね」

「百《どう》さん、ゴンドラを監視してるような車は一台もなかった？」

「それらしい車は見当たらなかったな」

「そう。それじゃ、ひとまず交信を切るよ」

　見城はトークボタンから指を離した。

「牙は、折り返しのゴンドラの中からビデオの入ったクッション封筒を投下させる気なんすかね？」

　松丸が問いかけてきた。

「多分、そうなんだろう」

「投下地点には、牙の仲間が待ち受けてるってわけか」

「そういう手筈《てはず》を整えてあるんだろう」

「でしょうね」

「松ちゃん、車をUターンさせといてくれ」

見城は指示した。松丸が、すぐさま車首の向きを変えた。

数分後、ロープウェイのゴンドラが早雲山駅を離れた。見城は双眼鏡を目に当てた。ロープウェイの乗客は百面鬼だけだった。

ワンボックスカーが走りだした。

鐘《かね》を伏せたような形の早雲山を回り込んだとき、百面鬼からコールがあった。

「たったいま、牙から電話がかかってきた。大涌谷駅と姥子駅の真ん中あたりに日章旗《にっしょうき》を地べたに貼《は》りつけておいたから、そこにクッション封筒を投げ落とせって指示だったよ。このゴンドラの通るコースの真下だとか言ってた」

「おれたちは先回りして、ビデオを取りに現われた奴を尾《つ》けることにする」

見城は交信を打ち切った。

松丸が心得顔で、スピードを上げた。仙石原を通過し、姥子温泉街の手前で見城はワンボックスカーを路肩に寄せさせた。

「松ちゃんは、ここで待っててくれ」

「ひとりで大丈夫っすか?」

「ああ。ひとりのほうが動きやすいしな。何かあったら、こいつで交信しよう」

見城はスポーツウォッチ型特殊無線機を軽く叩《たた》き、ワンボックスカーを降りた。

枯れた芒《すすき》の原に分け入り、奥に進んだ。杉林を縫《ぬ》いながら、ロープウェイコースをめざす。十分ほど歩くと、急に視界が展《ひら》けた。コースのほぼ真下は草原だった。日章旗が見えた。

見城は姿勢を低くしながら、繁み伝いに少しずつ日章旗に接近していった。

旗は枯草の上に拡《ひろ》げられ、四隅には拳大《こぶしだい》の石が置かれていた。風に煽《あお》られた旗が、はたはたと鳴っている。

見城は灌木《かんぼく》の陰に身を隠した。

日章旗のある場所から、三十メートル前後しか離れていない。見城は、あたりをゆっくりと見回した。動く人影は見当たらなかった。

頭上のロープウェイのワイヤーレールが小さく揺れはじめた。百面鬼の乗ったゴンドラが近づいてきた。

ほぼ真上で、急にゴンドラが停止した。

見城は空を仰《あお》いだ。ゴンドラの非常扉が開けられた。

百面鬼がゴンドラの窓から、茶色のクッション封筒を地上に投げ落とした。ほとんど垂直に落下した封筒は日章旗の近くで弾《はず》み、枯草の上を数メートル滑走した。

見城は息を詰め、じっと動かなかった。

ゴンドラが遠ざかる。

そのとき、正面の針葉樹林の中から五つか六つの少女が姿を見せた。

赤いデザインセーターの上に、緑色のブルゾンを羽織《はお》っていた。下は黄土《おうど》色のコーデュロイパンツだ。おかっぱ頭で、頬《ほお》が赤かった。地元の子供だろう。

少女は日章旗に歩み寄り、左右を見回した。すぐにクッション封筒を拾い上げ、日章旗も抓《つま》み上げた。旗を丸めると、少女は針葉樹林の方に引き返していった。

見城は爪先《つまさき》歩きで足音を殺しながら、少女の後《あと》を追った。

少女の足は、思いのほか速かった。野山を歩くことには馴《な》れているようだ。

見城は大股《おおまた》で追った。

ほどなく少女は車道に出た。そこには、二十五、六歳の男が立っていた。狐《きつね》色のレザーブルゾンに、木炭《もくたん》色のチノクロスパンツという身なりだった。

少女がクッション封筒と日章旗を男に渡した。男は少女の頭を撫《な》で、スナック菓子の袋を渡した。

少女は明るい声で礼を言うと、道路の向こう側に走っていった。

　男はパジェロに駆け寄り、あたふたと運転席に乗り込んだ。見城は特殊無線機のトークボタンを押した。

「松ちゃん、大急ぎで車を姥子温泉の方に回してくれ」

「ビデオを取りに現われたのは、パジェロに乗ってた二十代半ばの男じゃないっすか？」

「よくわかったな」

「おれ、ちょっと様子を見に行ったんすよ。そしたら、パジェロの男が林の中の様子をうかがってたんす。そいつは五、六歳の女の子に、クッション封筒を取りに行かせたんじゃないっすか？」

「ああ、その通りだ。とにかく、車を早くこっちに回してくれないか」

「そう慌《あわ》てることはないっすよ。おれ、男が林の中を覗き込んでる隙《すき》に、パジェロのリア・バンパーの下にマグネットタイプの電波発信器を取り付けたんす。パジェロには、すぐ追いつくっすよ」

「やるな、松ちゃん」

「あれぐらいのことなら、おれにもやれるっすよ。いま、そっちに行きます」

　松丸が交信を打ち切った。

　いつの間にか、パジェロは走り去っていた。見城はアスファルト舗装された車道に出た。

そのすぐ後、ゴンドラの中にいる百面鬼からコールがあった。

「見城ちゃん、敵の動きは？」

「ビデオを回収した若い男をこれから追跡するところなんだ」

見城は経過を手短《てみじか》に話した。

「案外、松《まつ》の野郎も役に立つじゃねえか」

「そうだね」

「それじゃ、おれは桃源台に駐《と》めてある覆面《メン》パトの中で待機していよう。敵のアジトがわかったら、すぐに連絡してくれねえか」

「了解！」

見城はスポーツウォッチ型特殊無線機を顔から離した。

ちょうどそのとき、右手から松丸のワンボックスカーが猛スピードで走ってきた。見城は助手席に乗り込み、カーナビゲーションをふた回り大きくしたような車輌追跡装置を見た。

深緑色《ふかみどりいろ》のスクリーンに発光ダイオードが点滅している。パジェロは湖尻《こじり》のホテル街を走行中だった。

「後は、おれに任せてください」

松丸が胸を叩いた。

見城は目で笑い、煙草に火を点けた。松丸は、悠然《ゆうぜん》とステアリングを捌《さば》いている。車輛追跡装置を搭載《とうさい》していれば、まずマークした車を見失う心配はない。

パジェロは仙石原高原と台《だい》ヶ岳《たけ》の間に延びるドライブウェイをひたすら北上していた。

松丸は一定の速度を保ちながら、パジェロを追った。

パジェロは箱根湿生花園の手前で、右折した。道なりに進めば、元湯《もとゆ》にぶつかる。パジェロは標高約千四十五メートルの台ヶ岳の東麓《とうろく》をしばらく走り、やがて山道に入った。

松丸は速度を変えなかった。

ワンボックスカーが山道の入口に達したとき、発光ダイオードが静止した。どうやらパジェロはアジトに到着したようだ。

「油断するなよ。ひょっとしたら、敵はおれたちの尾行に気づいてるかもしれないからな」

見城は松丸に言った。

松丸が緊張した顔で大きくうなずき、ワンボックスカーを山道に進めた。仙石原高原の別荘地とは趣《おもむき》が異《こと》なるが、山荘が点在している。しかし、どの別荘も雨戸が閉まっていた。

中腹近くまで走ると、アルペンロッジ風の建物が見えてきた。

敷地は二千坪近くありそうだ。庭は自然林のままだった。山道側に黒っぽい溶岩が積み上げられているきりで、塀《へい》や生垣《いけがき》の類《たぐい》はない。

大きなロッジの前にパジェロが駐《と》めてあった。見城はロッジの数十メートル前で、ワンボックスカーを停めさせた。松丸は明らかに緊張している。

「ちょっと様子を見てくる。この車を山道から見えない場所に隠しといてくれないか」

見城は松丸に頼んで、静かに車を降りた。

中腰で怪しい山荘に近づく。別荘の門柱には、神保山荘という表札が掲《かか》げてあった。

牙は、拘置中の神保数馬の配下なのか。

見城はそう思いながら、宏大《こうだい》な山荘の庭に忍び込んだ。庭木が多い。身を隠す場所には不自由しなかった。見城は山荘のサンデッキまで接近し、居間を覗き込んだ。

二人の男が黒い大型テレビで、ビデオテープの画像を観《み》ていた。片方はパジェロを運転していた男だ。もうひとりは、百面鬼に顔立ちの似たトマホーク使いだった。

テレビの画面には、百面鬼と手嶋舞弥の偽者の風俗嬢の情事が映し出されている。後ろ手錠を掛けられた真理は獣の姿勢をとらされ、百面鬼に背後から貫かれていた。その腰のあたりには、丸まった喪服が掛かっていた。

淫《みだ》らなビデオテープの映像が消えると、トマホーク使いはソファから立ち上がった。若い男に何か言い、居間から出ていった。

見城は五分ほど様子をうかがった。馬場や木原を殺したと思われる体格のいい男は、いっこうに戻ってこない。二階の部屋に引き籠《こも》ってしまったのか。

それなら、レザーブルゾンの男を弾除《たまよ》けにするか。

見城はサンデッキに上がり、抜き足でサロン風の居間に近づいた。若い男はビデオテープを巻き戻し、ふたたび情交シーンを喰《く》い入るように眺めていた。

見城はサッシ戸に手を掛けた。クレッセント錠は掛かっていなかった。

サッシ戸を一気に横に払い、見城は居間に躍《おど》り込んだ。

「誰だよ、おまえ⁉」

男が驚き、弾かれたようにソファから立ち上がった。

見城は走り寄って、回し蹴《げ》りを浴びせた。蹴りは、きれいに決まった。男が横に吹っ飛んだ。

見城は男に歩み寄り、顔面に前蹴りを入れた。前歯の折れる音がした。

男は達磨《だるま》のように後ろに引っくり返り、すぐに横向きになった。むせながら、血塗《ちまみ》れの門歯《もんし》を二本吐き出した。

見城は男の背後に回り込み、利《き》き腕を捩《ねじ》上げた。

「おまえは神保んとこの若い者《もん》だなっ」

「…………」

「腕をへし折られたいらしいな」

「そ、そうだよ」

「なんて名だ？」

「西沢《にしざわ》ってんだ」

「剃髪頭《スキンヘッド》の男の名は？」

「それは勘弁《かんべん》してくれよ」

男が弱々しく言った。見城は、男の右腕を肩まで一杯に捻《ひね》った。

「痛い、痛いよ。椿《つばき》さん、椿慎治《しんじ》さんだよっ」

「あいつは、神保数馬の用心棒か何かなんだな？」

「よく知らねえんだ、おれは」

「ふざけるな。腕がブラブラになってもいいんだなっ」

「ほんとに知らねえんだよ」

西沢が涙声で訴えた。

　そのとき、ドアが荒っぽく開けられた。松丸の喉《のど》に人喰い牙《フンガ・ムンガ》を押し当てた椿が立っていた。

「西沢から離れろ！」

「くそっ」

「こいつの喉を掻《か》っ切《き》ってもいいんだな？」

「わかった、おれの負けだ」

見城は西沢から離れた。

西沢が起き上がって、ロングフックを放った。見城は先に西沢を蹴って、逆突きを見舞った。西沢が体をくの字に折って、後方に倒れた。

「西沢、頭を冷やせ。おまえに倒せる相手じゃない！」

トマホーク使いが叱《しか》りつけた。西沢が小さくうなずいた。

「細工に苦労したようだな、だいぶ。ビデオに映ってた女は、よく手嶋舞弥に似てる。けど、本人じゃない」

　椿がそう言い、薄い唇を歪《いびつ》に曲げた。

「何を言ってるんだ。あれは舞弥だっ」

「くっくっく。おれは、おまえのBMWを尾《つ》けてたのさ。六本木でのことは、すべてわかってるんだ」

「失敗《ドジ》を踏んだか」

見城は自分を罵《ののし》りたい気持ちだった。

「おまえら二人を人質に取れば、もう百面鬼も妙な小細工はできなくなるだろう」

「百《どう》さんに、次は何をやらせる気なんだっ」

「その質問には答えられないな。床に腹這《はらば》いになって、両手を頭の上に乗せろ！」

椿が鋭く命じた。

手投げナイフの刃を強く押し当てられた松丸は、恐怖で竦《すく》み上がっていた。やむなく見城は床に這った。

椿が喉《のど》の奥で笑い、松丸を床に押し倒した。

4

自由が利かない。

見城は、西沢に縛《しば》られた。後ろ手に結束《けっそく》バンドで縛られ、両足首もきつく括《くく》られてしまった。特殊無線機は少し前に隠しておいた。

結束バンドは樹脂製で、工具や電線を束ねるときに用《もち》いられている。

その強度は針金並だ。そんなことから、アメリカの警官やギャングたちは結束バンドを手錠代わりに使っている。

「さっきの礼をさせてもらわなきゃな」

西沢が言うなり、見城の腹に強烈な蹴りを入れた。

見城は呻《うめ》いたが、それほどダメージは受けなかった。蹴られる前に腹筋を張ったからだ。

「いまのは、ほんの挨拶《あいさつ》さ」

西沢がそう言い、また足を飛ばした。

狙われたのは眉間《みけん》だった。脳天が一瞬、白く濁《にご》った。三度目の蹴りは口許《くちもと》に入った。見城はキックされる前に、歯を喰《く》いしばった。

上唇は切れたが、歯は折られなかった。自分の舌を嚙《か》むこともなかった。

「痛覚が鈍《にぶ》いらしいな」

西沢が見城に言い、松丸の足首を先に結束バンドで縛り上げた。

そのとき、椿が松丸の左手首からスポーツウォッチ型の特殊無線機を乱暴に外した。

「こいつは、ただの腕時計じゃないな?」

「ただのダイバーズウォッチっすよ」

松丸が震え声で答えた。

椿がにっと笑い、トークボタンを押した。ややあって、百面鬼の声が流れてきた。

「見城ちゃんか?」

「………」

「松かよ? おい、なんで黙ってるんだっ。まさか敵に取っ捕まったんじゃねえだろうな。おい、どうしたんでえ?」

「仲間の二人は預かってる」

椿が言った。

「てめえはトマホーク野郎だなっ」

「好きに考えてくれ」

「弁護士の馬場秀人、極友会浜尾組の中町繁、それから野々村証券の総務部長だった木原哲晴、京和銀行の鳥塚甚之助の四人を殺《や》ったのはてめえだなっ」

「だったら、どうだというんだ?」

「てめえが牙に雇《やと》われた殺し屋だってことはわかってるんだ。牙のバックにいる人間は誰なんだっ。てめえらをまとめて必ず逮捕《パク》ってやるからな」

「威勢がいいね。しかし、おまえは大ばかだ。ちゃちな細工で、おれたちの目をごまかせると本気で考えてたとしたら、めでたすぎる」

「てめえ、なんの話をしてやがるんだっ」

百面鬼が吼《ほ》えた。

「ビデオのことだよ、子供騙《だま》しのな。おまえが姦《や》った相手は手嶋舞弥なんかじゃない」

「なんだって⁉」

「もっと上手な芝居をしろよ。おまえの仲間たちは、しばらく預かる」

「ちょっと待ちやがれ。おれの友達《ダチ》は関係ねえだろうが！　そこは、どこなんだ？　おれは逃げも隠れもしねえ。てめえのいる所に行くから、おれの仲間たちを解放しろ」

「おれに命令してるつもりなのかっ」

椿が険《けわ》しい顔つきになった。

「とにかく、会って話をつけようじゃねえか。おい、そこはどこなんだ？」

「おまえには、やらなきゃならないことがある」

「今度は何をやらせる気なんだっ」

「後で指示があるはずだ」

「そこはどこなんだ？」

「さあな。来たきゃ、自分で探して来い！」

「くそったれめ！」

百面鬼が喚《わめ》いた。そのとき、松丸が大声で叫んだ。

「神保数馬の山荘っす！」

「余計なことを言うな」

椿がトークボタンから指を離し、松丸を睨《にら》みつけた。西沢が松丸の腰を蹴って、手早く結束バンドで両手を括《くく》った。

椿のごっつい手の中で、特殊無線機がコール音を発した。

トマホークと手投げナイフの使い手はスポーツウォッチ型の特殊無線機を足許に落とし、ジャングルブーツの底で踏み潰《つぶ》した。松丸が溜息《ためいき》をつく。

椿がくの字に横たわっている見城のそばに屈《かが》み込み、凄《すご》みのある声で言った。

「おい、出せ！」

「何を？」

「おまえも腕時計そっくりの特殊無線機を持ってるだろうが！」

「持ってないよ。このロッジに忍び込む前に捨てたんでな」

見城は言い繕《つくろ》った。

椿が四つの刃を持つ奇妙な形をした手投げナイフを見城の首筋に寝かせ、レザーブルゾンの胸ポケットを探《さぐ》った。見城は椿の勘の鋭さに舌を巻いた。椿は特殊無線機を引っ張り出すと、ブーツの踵《かかと》で踏み潰した。

「たいしたもんだ。あんた、自衛隊のレンジャー隊員崩れか何かだな。おれの首に押し当ててる特殊なナイフは、コンゴの人喰い牙《フンガ・ムンガ》を参考にして自分でこしらえたんだろう？」

「まあな。おまえこそ、フンガ・ムンガを知ってるところを見ると、ただの探偵じゃなさそうだ。それに、実戦《フルコンタクト》空手も心得てる」

「インディアン・トマホークも自分でこしらえたのか？」

「まあな」

「いつから殺し屋をやってる？」

「さあ、いつからだったかな。もう忘れたよ」

「金欲しさに殺し屋稼業になったんだろうな？」

「いや、金のためじゃない。おれは人殺しが好きなんだよ。殺しは愉《たの》しいからな」

「そっちは、まともじゃない」

見城は言った。

「この世に、まともな人間なんか存在するのか。どんなに取り澄ました顔をしてたって、人間はどいつも醜《みにく》い生き物さ」

「生《お》い立ちがだいぶ暗かったようだな」

「おれは牧師の息子だったんだ。親父は敬虔《けいけん》なクリスチャンぶってたが、相当な悪人だったよ。女の信者を何人も孕《はら》ませ、過去の罪過《ざいか》を告白した信者たちからは口止め料をせしめてたんだ。そのくせ、息子のおれには禁欲的に生きることを強制しつづけた」

「で、人間不信に陥《おちい》ったってわけか」

「ま、そうだな。それから、人間に対する殺意が芽生《めば》えたんだ。最初に殺したのは自分の親父だったよ。事故死に見せかけて、教会の尖塔《せんとう》から蹴落としてやったんだ。そのとき、親父とおれは一緒に屋根のペンキ塗りをやってたんだよ。十七のときだったな」

椿は遠くを見るような眼差《まなざ》しになった。

「人殺しを正当化したいわけか」

「そんなつもりはない。おれは殺しの快感を知ってしまったんだよ。人間は生への執着心から、さまざまな形で命乞《いのちご》いをする。そんな姿を見るのは実に愉快だよ。断末魔の叫びを聞いたり、死の前の痙攣《けいれん》を見たりすると、自分の血や細胞が生き生きとしてくるんだ。性的にも興奮することがある」

「そっちは狂人だな」

「人間はすべて狂人さ。おまえもおれも、大差はないんだよ」

「変態気味の殺人鬼と一緒にしてもらいたくないな」

「いい度胸してるじゃないか。気に入ったよ。退屈しのぎに、面白いショーを観《み》せてやろう」

「面白いショーだって？」

見城は訊き返した。

椿は薄ら笑いを浮かべ、おもむろに立ち上がった。西沢を手招きし、何か耳打ちする。

西沢は嬉《うれ》しそうな顔でうなずき、居間から出ていった。

椿がソファにどっかと腰かけ、ラークに火を点けた。松丸が見城に小声で詫《わ》びた。

「失敗踏《ドジ》んじゃって、すみません。おれ、見城さんの様子を見に行こうとして、このロッジの前をうろついてたんすよ。そしたら、急に後ろから組みつかれて……」

「気にするなって。おれのほうこそ、油断しすぎてたよ」

見城は小声で言った。

短い遣《や》り取りが終わったとき、居間のドアが開いた。西沢は首輪を嵌《は》められた全裸の若い女を引っ立てていた。なんと手嶋舞弥だった。舞弥は両手首を結束バンドで縛られていた。西沢が手にしている銀色の鎖は、首輪と繋がっている。

「六本木の芋洗坂から、彼女を……」

見城は椿に声をかけた。

「そうだよ。百面鬼を窮地に追い込む必要があったんでな」

「おれたち二人を人質に取ってるんだ。彼女は家に帰してやってくれ」

「まあ、黙ってショーを見物しろよ」

椿が見城に言い、西沢に合図した。

西沢が自分の前に、舞弥をひざまずかせた。舞弥は怯《おび》えた表情で、顔を横に振った。すると、西沢が短く持った鎖の先で舞弥の顎《あご》を撲《う》った。

舞弥が悲鳴をあげ、体をよろめかせた。西沢がベルトの下からアイスピックを摑み出し、舞弥の果実のような乳房に先端を突きつけた。

舞弥が観念した顔で、西沢の前に両膝《ひざ》をついた。西沢はチノクロスパンツのファスナーを引き下ろし、猛《たけ》りかけた男根《だんこん》を摑み出した。舞弥が目をつぶって、わずかに顔を背《そむ》けた。

「ちゃんとしゃぶらないと、アイスピックで顔をつっつくぞ。早くくわえろ」

西沢が急《せ》かした。

舞弥がためらいがちに、ペニスを口に含んだ。舌技はぎこちない。西沢はもどかしくなったらしく、自ら腰を動かしはじめた。いわゆるイラマチオだ。

「くだらないショーはやめろ！」

見城は椿と西沢を交互に見た。どちらも口を開かない。せせら笑ったきりだった。

「おまえ、声楽家なんだってな。くわえたまま、何か歌ってくれよ。ベートーベンの『歓喜の歌』なんかぴったりじゃないか」

西沢がそう言い、アイスピックの先を舞弥の肩口に押し当てた。

舞弥が泣きながら、命令に従う。くぐもった歌声は聴《き》き取りにくく、何度も途切れそうになった。

「休みなく歌いつづけろ。ベロがくすぐったいけど、悪くないよ。息継《いきつ》ぎのときも気持ちいいな」

「いい加減《かげん》にしろ！」

松丸が西沢に怒鳴《どな》った。

しかし、西沢は意に介さない。五、六分、舞弥に歌わせた。

オーラルセックスを強《し》いてから、西沢は舞弥を仰向《あおむ》けにさせた。立てた両膝を大きく開かせると、指で粘《ねば》っこく性器を弄《もてあそ》びはじめた。恥毛を掻《か》き上げ、幾度も亀裂《きれつ》を眺める。

舞弥は声を殺して泣いていた。

見城は転がって、西沢を足刀《そくとう》で倒す気になった。しかし、うまく体が回らなかった。

西沢が膝立ちの姿勢になり、チノクロスパンツとトランクスを足首まで下げた。すぐに反《そ》り返った昂《たか》まりを埋《うず》め、舞弥の両脚を肩に担《かつ》ぎ上げた。

「やめて！　離れてください」

舞弥が泣き叫びはじめた。

西沢はがむしゃらに動いた。突いて、突いて、突きまくった。二分そこそこで、西沢は果てた。舞弥の嗚咽《おえつ》が高くなった。西沢が舞弥から体を離し、チノクロスパンツとトランクスを引っ張り上げた。

「泣くな。おれは女が泣くと、神経が苛《いら》つくんだ」

椿が舞弥を詰《なじ》った。見城は黙っていられなくなった。

「無茶言うな。レイプされて、冷静でいられる女なんかいるもんかっ」

「おまえは黙ってろ」

「彼女は解放してやれ」

「うるさい！　口を出すなっ」

椿がソファから立ち上がり、泣いている舞弥に近づいた。

「もう泣くな。いつまでも泣いてると、ぶっ殺すぞ」

「殺したければ、殺しなさいよ」

舞弥が泣きながら、開き直った。

「急に威勢がよくなったな」

「こんな屈辱的なことまでされて、わたし、生きていたくないわ」

「そうか」

椿はしゃがみ込むなり、人喰い牙《フンガ・ムンガ》で舞弥の頸動脈《けいどうみゃく》を掻っ切った。無表情だった。一瞬たりとも、ためらわなかった。

血煙が天井近くまで噴《ふ》き、舞弥は絶命した。まさに一瞬の出来事だった。

「椿さん、何も殺さなくても……」

西沢が後ずさって、掠《かす》れ声で言った。

「この女は死にたいと言ったんだ」

「だからって、何も殺すことはなかったでしょ？」

「おまえも死んでもいいと思ってるのか」

「悪い冗談はやめてくださいよ」

「半分は本気だ」

椿が乾いた口調で言った。

そのとき、山荘の前で車の音がした。

「この二人に目隠しをするんだ」

椿が血の雫《しずく》の滴《したた》る手投げナイフをコーヒーテーブルの上に置き、上着のポケットから黒い布を引っ張り出した。

西沢が松丸の背後に回り、黒い布で目許を覆った。椿が見城のいる方に歩いてきた。

見城は全身で暴《あば》れたが、それは虚《むな》しい抵抗だった。

ほどなく目隠しをされた。黒い布は三重に重ねられ、視界は完全に閉ざされてしまった。少し経《た》つと、ロッジの中に誰かが入ってきた。見城は神経を耳に集中させた。

居間に足を踏み入れた男が小さく呻き、不快そうに言った。

「女を殺《や》ってしまったのか」

「泣き喚《わめ》いて、手に負えなかったんですよ」

椿が答えた。

いま入ってきた男が牙らしい。声から察して、四十代の後半だろう。

「ま、いいさ。どっちが探偵屋なんだ？」

「こっちです」

椿が言って、見城の腰にジャングルブーツを載せた。

「おい、汚い足をどけろ！　おれは踏み台じゃない」

見城は声を張った。すぐに牙と思われる男が話しかけてきた。

「元気がいいじゃないか」

「あんたが牙だな？」

「そうだ」

「神保数馬の片腕か何かなんだろう？」

「いい勘してるな」

「新宿署の旦那に、どんな恨みがあるんだ？」

見城は訊いた。

牙が曖昧《あいまい》に笑って、煙草に火を点けた。そのとたん、燻《いぶ》し臭い煙が見城の鼻腔《びこう》を撲《う》った。煙草の臭いには覚えがあった。ドイツ煙草のゲルベゾルテだ。ドイツに長く駐在していた商社マンだった伯父が昔、よく喫《す》っていた煙草である。

「百《どう》さんに今度は何をやらせる気なんだ？」

見城は問いかけた。

「妙な小細工を弄《ろう》した罰として、悪党刑事に東京地検特捜部の香取直樹《かとりなおき》検事を始末させるつもりだよ」

「その検事を葬りたいのは、神保の利益供与を立件したからなんだなっ」

「ノーコメントだ。百面鬼が香取直樹を殺《や》るまで、きみら二人は人質だぞ。妙な気さえ起こさなければ、命だけは助けてやってもいい」

「あんたのバックには、誰か大物がいそうだな」

「深く首を突っ込むと、若死にすることになるよ」

牙がそう言い、居間から出ていった。

「別の部屋で話があるから、しっかり見張っててくれ」

椿が西沢に声をかけた。

「はい」

「それから、死んだ女を毛布でくるんで庭の奥に埋めといてくれ」

「おれひとりでやるんですか。まいったな」

西沢がぼやいた。椿は何も言わず、部屋から出ていった。

反撃のチャンスを待つほかなさそうだ。

見城は軽く瞼《まぶた》を閉じた。いまは、無駄に体力を消耗したくなかった。

第五章　醜《みにく》い権力者

1

車のエンジンが唸《うな》った。

牙が帰るらしい。椿も車に乗り込むのか。そうなら、なんとか脱出できるかもしれない。見城は床に転がったまま、密《ひそ》かに思った。

見張りが西沢だけなら、反撃できそうな気がする。見城は心の中で、椿が牙と一緒に車に乗ることを祈った。

手足の自由を奪われてから、小《こ》一時間は流れているだろう。その間に、西沢は舞弥の死体を片づけた。しかし、まだ居間には血の臭《にお》いが漂っていた。

西沢が近くのソファに坐《すわ》っていることは気配でわかった。

「おい、ちょっと手足を自由にしてくれないか。小便したくなったんだ」

見城は西沢に話しかけた。罠《わな》だった。

「その手にゃ乗らないぞ。結束バンドをほどいたら、逃げるつもりなんだろうが！

え？」

「本当に小便したいんだよ」

「我慢しろ」

「もう限界なんだ」

「それなら、垂れ流すんだな」

「いいのか？　おれの小便は臭《くせ》えぞ、よく酒を飲むからな」

「別にかまわないよ、おれは」

西沢が勝ち誇ったように高く笑った。

見城は長嘆息《ちょうたんそく》した。その直後、松丸が急に唸りはじめた。

「どうしたんだ？」

西沢が訊《き》いた。

「下っ腹が痛くて……」

「え？」

「多分、下痢《げり》の前兆だと思う」

「お、おまえ、こんな所で糞《くそ》なんかすんなよな」

「あっ、漏れそうだ。早くトイレに行かせてくれーっ」

「我慢しろ。漏らされたら、近くで見張りもできなくなるからな」

「駄目だ。もう我慢できないよ。目隠ししたままでいいから、手足の結束バンド、いったん外してくれないか。頼む！」

　松丸が切迫《せっぱく》した声で訴えた。

　実際に便意を堪《こら》えているのか、反撃のチャンスを得るための演技なのか。どちらとも判断がつかなかった。

「わ、わかった」

　西沢が慌《あわ》ててソファから立ち上がり、松丸に駆け寄る気配が伝わってきた。

　見城は、なんとか目隠しをずらしたかった。深く息を吸い込む。黒い布地が唇に吸い寄せられた。歯で布を挟もうとしたが、それはできなかった。

　見城は顔面の筋肉をひとしきり動かした。目隠しがわずかに緩《ゆる》んだ。さきほどと同じように、思い切り息を吸う。

　今度は上下の前歯で布地を挟むことができた。舌と歯を使って、折り重なった布を引っ張る。

同じことを繰り返していると、布地がずれた。一枚の布越しに物が透《す》けて見えるようになった。

西沢は床に片膝《ひざ》をついて、松丸の足首の縛《いまし》めを解《と》いていた。

見城は腰を軸にして、体を左右に小さく揺すりはじめた。松丸は二メートル数十センチ離れた場所にくの字に横たわっている。見城に背を見せる恰好《かっこう》だった。

わずかずつだが、着実に松丸との距離が縮まっていく。

後ろ向きの西沢が松丸の両手を自由にして、摑《つか》み起こした。その瞬間、松丸が西沢の腰に組みついた。

「おまえ、騙《だま》したな」

西沢が腰の後ろに手を回した。アイスピックを取り出すつもりらしい。

見城は腰をハーフスピンさせた。縛られた両脚を長く伸ばし、西沢の足を蹴《け》る。

西沢が横倒しに転がった。松丸が手早く目隠しを外して、西沢の上に馬乗りになった。

二人は激しく揉《も》み合った。

少し経《た》つと、アイスピックは松丸の手に移っていた。アイスピックの先は、西沢の喉《のど》仏《ぼとけ》のあたりに突きつけられている。

「松ちゃん、見直したよ」

見城は言った。

「必死だったんすよ、おれ。この後、どうすればいいんす？」

「アイスピックを西沢に突きつけて、おれの結束バンドをほどかせるんだ」

「わかりました」

松丸がうなずいた。

ちょうどそのとき、居間に椿が入ってきた。

「ほう、やるじゃないか」

「手投げナイフをこっちに投げろ。逆《さか》らうと、西沢の喉にアイスピックをぶっ刺すぞ」

松丸が震えを帯びた声で言った。

「おまえこそ、アイスピックを西沢に返せ！」

「いやだ」

「それじゃ、死ぬんだな」

椿が腰から人喰い牙《フンガ・ムンガ》を引き抜き、水平に投げ放った。風切り音は高かった。

「松ちゃん、伏せろ」

見城は叫んだ。

松丸が床に転がる。放たれたナイフは松丸の一メートルあまり頭上を横切り、壁に突き刺さった。威嚇《いかく》だったことは明らかだ。その気になれば、椿は松丸を確実に射止《いと》めることができたにちがいない。

西沢が起き上がり、松丸の右手からアイスピックを捥《も》ぎ取った。

松丸は両腕で顔面を庇《かば》って、四肢《しし》を縮めた。西沢が松丸を罵《ののし》りながら、腹や腰を蹴りつけはじめた。

「こいつ、おれを騙《だま》そうとしたんですよ」

「油断したほうが悪いな」

椿が冷ややかに言った。

「そんな言い方しなくたって……」

「尻尾《しっぽ》を巻いてる奴を痛めつけても、後味が悪いだろうが」

「でも、このままじゃ、腹の虫が収まらないんでね」

「それなら、おれが相手になってやろう。目隠しと足の結束バンドを外してくれるだけでいいよ」

見城は西沢に言った。

「おまえがいくら強くたって、両手を使えないなら、負けやしないよ」

「なら、ファイトしようじゃないか」

「いいでしょ？」

西沢が椿に顔を向けた。

「いいだろう。いい退屈しのぎになりそうだからな。早く目隠しと足の結束バンドを取ってやれ」

「はい」

「おまえはアイスピックを使ったほうがいいな」

椿がそう言い、ナイフの刺さった壁まで歩いた。西沢は何か言いたげだったが、黙って見城の目隠しと足の縛《いまし》めをほどいた。

見城は肘《ひじ》を使って起き上がった。

手投げナイフを握った椿がソファセットのある場所に戻ってきて、松丸を長椅子《ながいす》に腰かけさせた。自分も松丸の横に坐り、フンガ・ムンガの尖《とが》った刃先を人質の後ろ首に宛《あ》てがう。見城と西沢は、床の血溜《ちだ》まりを挟む形で睨《にら》み合った。

「半殺しにしても、かまわないでしょ？」

西沢がアイスピックを握り直し、椿に許可を求めた。

「できるものならな」

「やれますよ、それぐらい」

「そいつは楽しみだ」

　椿がうそぶいて、口を噤《つぐ》んだ。

　見城は肩の筋肉をほぐし、膝関節を軽く屈伸《くっしん》させた。それから、八字《はちじ》立ちになった。自《じ》護体《ごたい》、あるいは自然体と呼ばれている用意の姿勢だ。むろん、後ろ手に縛られたままだった。

「どっからでもかかってこいや」

　西沢が挑発した。

　見城は切れ長の左目を眇《すが》めたきりで、足は踏み出さなかった。片目を細めるのは、他人を侮蔑《ぶべつ》するときの癖《くせ》だった。

「なにカッコつけてんだよ。アイスピックが怖《こわ》いんじゃないのか。え？」

「そっちこそ、怕いんだろうが。だから、虚勢を張ってるんだろうが？」

「なめんなよ、この野郎！」

　西沢が目を尖《とが》らせ、床を勢いよく蹴った。血溜《ちだ》まりで足を滑《すべ》らせ、尻餅《しりもち》をついた。

「おい、ドタバタ喜劇を観《み》せる気なのか？」

　椿が西沢を茶化した。

西沢が憤然と立ち上がり、まっすぐ突っ込んできた。アイスピックは腰撓《だ》めに構えられている。殺意が漲《みなぎ》っていた。

見城は右足刀《みぎそくとう》で西沢の左の腿《もも》の内側を蹴った。

膝頭の斜め上のあたりだ。意外に知られていないが、急所の一つである。西沢の体勢が大きく崩れた。すかさず見城は、右の横蹴りを相手の水月《すいげつ》に入れた。鳩尾《みぞおち》だ。西沢は腰を沈めながら、後ろに倒れた。

弾《はず》みで、アイスピックが床に落ちた。すぐに西沢はアイスピックを拾い上げ、身を起こした。両眼は一段と攣《つ》り上がっていた。

見城は二歩前に出て、一歩退《さ》がった。

誘いだった。しかし、西沢は仕掛けてこなかった。

二人は、また睨《にら》み合った。先に焦《じ》れたのは西沢のほうだった。アイスピックを逆手《さかて》に持ち替え、頭上に振り上げた。

見城は跳躍した。

空中で左右の脚《あし》を屈伸させ、西沢の顔面と胸部を蹴る。われながら、二段蹴りはきれいに決まった。西沢の体が大きくのけ反《ぞ》る。アイスピックが手から離れた。

見城は倒れた西沢に走り寄って、サッカーボールのように蹴りまくった。場所は選ばなかった。容赦《ようしゃ》なく足を飛ばした。

西沢はのたうち回りながら、血の泡を撒《ま》き散らした。内臓のどこかが破裂したようだ。ほどなく西沢は唸《うな》り声を発し、そのまま気を失った。

「やっぱり、西沢じゃ無理だったな」

椿が言った。

「今度は、そっちの番だぜ」

「人質をまだ殺すわけにはいかないんだよ」

「怖気《おじけ》づいたらしいな」

見城は椿の神経を逆撫《さかな》でした。

「おまえごときに、おれが怖気づくか。笑わせるなっ」

「おれを倒せる自信があるなら、ファイトしてみろよ」

「よし、相手になってやろうじゃないか」

椿が松丸を長椅子に仰向《あおむ》けに寝かせ、馴《な》れた手つきで結束バンドで両手を縛った。目隠しはしなかった。

「手投げナイフを使いたきゃ、使ってもいいぞ」

見城は言った。

「たいした自信だな。おまえを倒すのに、武器はいらんよ」

「自信過剰なんじゃないのか」

「どっちがうぬぼれが強いか、すぐにわかるだろう」

椿が人喰い牙《フンガ・ムンガ》を床に突き立て、ソファセットを回り込んできた。隙《すき》のない歩き方だった。

二人は対峙《たいじ》した。

見城は一瞬、百面鬼と睨《にら》み合っているような錯覚に陥《おちい》りそうになった。目鼻立ちは微妙に異なるが、輪郭《りんかく》は酷似《こくじ》している。剃髪頭《スキンヘッド》の光り具合や体型もそっくりだ。ただ、肩幅は百面鬼よりも広かった。

「フェアじゃないな」

松丸が椿に言った。

「確かにな。手も自由にしてやろう。それで、文句ないだろう？」

椿が松丸に顔を向けた。松丸が大きくうなずく。椿が見城に言った。

「両膝を床に落として、ゆっくりと上体を倒せ。結束バンドをほどいてやる」

「このままでも、おれはぶちのめされはしない」

「相変わらず、強気だな。両手の使えない奴をぶちのめしても、なんの自慢にもならない。同じ条件で勝負しようじゃないか」

「そうまで言うなら、言われた通りにしよう」

見城は床に両膝をついた。

そのとき、西沢が息を吹き返した。ほとんど同時に、椿が無言で西沢の耳の上を蹴り込んだ。西沢が独楽《こま》のように回転し、ふたたび悶絶《もんぜつ》した。

「邪魔されたくないんでな」

椿がうそぶき、見城の背後に回り込んだ。

手首の縛《いまし》めが解かれた。見城は立ち上がりざまに、振り猿臂《えんぴ》打ちを見舞った。しかし、あっさり躱《かわ》されてしまった。

「卑怯《ひきょう》な奴だ」

椿が退《さ》がりながら、軽蔑《けいべつ》するような口ぶりで言った。

「殺し合いに卑怯も糞《くそ》もあるかっ」

「ほう、おれを殺す気でいるのか。それなら、こっちも手加減《てかげん》しないぞ」

「望むところだ」

見城は言い放ち、後屈《こうくつ》立ちの姿勢をとった。

椿が両腕を四十五度の角度で曲げ、両拳《こぶし》をほぼ目の高さに構えた。前に出した左足の踵《かかと》は、少し浮いていた。ムエタイの基本スタイルだ。タイの国技のムエタイは、五百年以上の伝統を誇る格闘技である。一般には、キックボクシングとして知られている。

椿が軽快なフットワークで、少しずつ間合いを詰めてきた。

ムエタイの場合、パンチはフェイントとして用《もち》いられることが多い。対戦相手を接近戦に引きずり込み、肘打ち《ティー・ソーク》と膝蹴り《ティー・カウ》で劣勢に追い込む。そして、大技の飛び膝蹴り《カウ・ロイ》か各種の回し蹴《テッ》りで勝負をつける。

椿が右のストレートパンチを繰りだした。

見城は上段揚《あ》げ受けでパンチを払い、逆拳突きを相手の鳩尾《みぞおち》に入れた。次の瞬間、椿が肘打ちを返してきた。避《よ》ける余裕はなかった。

見城は顎《あご》を打たれた。

骨が鈍《にぶ》く鳴った。見城は上体を反らしながら、三日月蹴りを返した。

残念ながら、空を蹴っただけだった。椿が飛び膝蹴りを浴びせかけてきた。見城は横に逃げた。すぐに体勢を整え、中段回し蹴りを見舞う。蹴りは椿の胴に入った。相手の腰が砕《くだ》けた。

見城は踏み込んで、椿の胸に前蹴りを入れた。

椿が尻から落ちた。見城は横蹴りを放とうとした。しかし、脚《あし》を抱《かか》え込まれた。反動をつけて立ち上がった椿が、右の肘打ちを返してきた。

見城は、こめかみを打たれた。

一瞬、頭の芯《しん》が霞《かす》んだ。椿が見城の軸足《じくあし》の向こう臑《ずね》を蹴った。見城は激痛を堪《こら》え、鷲手《わしで》で椿の喉と目を突いた。

椿が呻《うめ》いて、見城の腿《もも》を放した。

見城は腕刀《わんとう》で、椿の側頭部を強打した。

椿が横に転がった。見城は踏み込んで、椿の顔面を蹴り込んだ。転がった椿がフンガ・ムンガを床から引き抜いた。奇妙な形のナイフが水平に飛んできた。

見城は身を伏せた。手投げナイフは見城の頭髪を掠《かす》め、後ろの壁に深く埋まった。

「くそっ、殺《や》ってやる」

椿が長椅子の後ろに駆け込み、何か摑み上げた。インディアン・トマホークだった。

見城は壁まで後退した。人喰い牙《フンガ・ムンガ》を壁から引き抜く。

椿がトマホークを振り翳《かざ》して、大股《おおまた》で近寄ってきた。見城はフンガ・ムンガをブーメランのように水平に投げた。

椿がトマホークで手投げナイフを払った。金属と金属がぶつかった。火花が散る。

「頭をかち割ってやる！」

椿が凄《すさ》まじい形相《ぎょうそう》で迫ってきた。

そのとき、サンデッキから小型リボルバーを構えた百面鬼が居間に入ってきた。

「トマホークを捨てやがれ」

「くたばれ！」

椿が手斧《ておの》を百面鬼に投げつけた。

百面鬼がニューナンブM60の引き金を絞った。銃声が轟《とどろ》く。放たれた銃弾は、標的から少しだけ逸《そ》れていた。椿は気絶している西沢の心臓に細長いナイフを垂直に突き刺すと、懐から手榴弾《しゅりゅうだん》に似た物を二個取り出した。

すぐにピン・リングを引き、一発目を百面鬼の足許《あしもと》に投げた。

数秒後、閃光《せんこう》と耳をつんざくような炸裂音《さくれつおん》が拡《ひろ》がった。百面鬼が爆風で倒れた。

厚い白煙が立ち込めはじめた。投げつけられたのは特殊閃光手榴弾《スタングレネード》だろう。

椿が二発目を見城めがけて投げ放った。

見城は横に跳《と》んだ。

そのとき、また閃光が走った。爆発音は大きかった。見城は吹き飛ばされた。白い煙が居間に充満するのに、十秒もかからなかった。

椿の逃げる足音がした。

「百《どう》さん、奴が逃げるぞ」

見城は起き上がって、居間から玄関ホールに飛び出した。ロッジの前庭に出ると、サンデッキの陰から百面鬼が走り出てきた。

椿の姿は掻《か》き消えていた。

「まだ遠くには逃げてねえはずだ。見城ちゃん、追おう。おれは山道を捜してみらあ」

「それじゃ、こっちは林の中を……」

二人は手分けして、椿を追った。

しかし、どこにも潜《ひそ》んでいなかった。見城は諦《あきら》め、山荘の前に戻った。百面鬼の姿は見当たらなかった。見城はロッジの居間に走り入り、松丸の縛《いまし》めをほどいてやった。

西沢は死んでいた。見城たち二人は、山荘の前の道に走り出た。

数分待つと、百面鬼が駆けてきた。

「逃げられたようだ」

「林の中にもいなかったよ。百《どう》さん、よくここがわかったね」

見城は言った。

「松《まつ》が神保数馬の山荘だって叫んだんで、地元の登記所に行ってみたんだよ。けど、神保の別荘は、箱根のどこにもなかった。その代わり、池上悠名義の別荘があった」

「その別荘の所在地に来てみたら、このロッジに？」

「そうだ。ここは神保の別荘なんかじゃねえよ」

「神保が一連の事件に関わってるように見せかけるため、神保山荘なんて偽の表札を掲《かか》げたんだな」

「そうなんだろう。牙は、池上悠の実弟の池上泰範《やすのり》なんじゃねえかな。泰範は兄貴の利益供与事件に一枚嚙《か》んでやがるからな」

「百さん、牙はドイツ煙草のゲルベゾルテを喫《す》ってたんだ」

「ゲルベゾルテだって⁉」

百面鬼が高い声をあげた。

「何か思い当たるんだね？」

「ああ。本庁警務部人事一課監察の一村昌司係長が昔から、ゲルベゾルテを喫《す》ってやがるんだ」

「そう。しかし、単なる偶然の一致だろう。いくら何でも、現職の警察官が一連の事件に絡《から》んでるとは……」

「わからねえぜ。一村の奴は出世欲が強《つえ》えし、したい放題やってるおれを摘発できないことを苦々しく感じてたにちげえねえ。ちょいと野郎を揺さぶってみようや。それから、池上泰範もな」

「百《どう》さん、東京地検の香取とかいう検事を殺さなかったら、親父さんとおふくろさんが……」

松丸が心配顔で口を挟んだ。

「それは大丈夫だ。親父たち二人に親類の家に避難するよう電話で言っといたよ。本堂を爆破されたら、檀家《だんか》に泣きついて寄進金で建て直させらあ」

「百《どう》さんらしいな」

「別荘の中をちょっと検《しら》べてみよう。何か手がかりがあるかもしれねえからな」

百面鬼が拳銃をホルスターに収め、コテージのポーチに向かった。

「おれ、自分の車がどうなったか見てきますね」

松丸がそう言い、山道を駆け降りていった。

見城は笑って、百面鬼の後を追った。

2

夕陽が眩《まばゆ》い。

　見城は新宿中央公園のベンチに腰かけ、紫煙《しえん》をくゆらせていた。箱根の山荘で椿と闘った翌日の午後四時半過ぎである。

　遊歩道の向こうから、百面鬼が蟹股《がにまた》でやってきた。

　ペンシル・ストライプの入った黒っぽい背広に、純白のチェスターコートを羽織《はお》っている。カラーシャツは赤だった。ネクタイは銀色だ。

　見城は煙草の火を踏み消しながら、やくざ刑事に話しかけた。

「相変わらず、ド派手な恰好《かっこう》してるね。配色が野暮《やぼ》ったい。一応、東京育ちなんだから、もう少しセンスを磨《みが》きなよ」

「うるせえや。ファッションなんてもんは、てめえが満足すりゃいいんだよ。久乃は別に何も言わねえぞ」

「手の施《ほどこ》しようがないんで、とうに諦《あきら》めてるんだろうな」

「殺すぞ、この野郎！」

　百面鬼が両手で首を締める真似《まね》をして、見城のかたわらに坐った。

「きのう、ロッジで刺殺された西沢の身許はわかった？」

「ああ。西沢晃《あきら》、二十六歳。西沢は、池上泰範が経営してる不動産会社『オリエント・エンタープライズ』の社員だったよ。それから、奴が乗ってたパジェロは会社の車だった」

「やっぱり、そうか」

「ただ、椿慎治の身許はわからなかった。前科《マエ》もねえな。おそらく、偽名を使ってやがるんだろう。それから、所轄署の話によると、凶器や遺留品《リュウ》から指紋《モン》は出なかったってさ」

「奴はゴム手袋はしてなかった。ということは、両手の指や掌《てのひら》に接着剤か何かを薄く塗って、指紋や掌紋《しょうもん》が物や凶器に付着しないようにしてたんだろう」

「そうにちがいねえよ。それだけ気を遣《つか》ってるってことは犯歴はなくても、警察庁《サッチョウ》の大型コンピューターに奴の指紋《モン》が登録されてるからだろう」

「多分ね」

見城は同調した。

警察庁の指紋データベースに登録されているのは前科者だけではない。警察官、自衛官、海上保安官、パイロットなどの指紋もインプットされている。民間人も希望すれば、いつでも登録できる。

「奴は自衛官《エイカン》崩れか、傭兵《ようへい》崩れなんじゃねえか。どっちにしても、池上泰範に雇われた殺し屋《プロ》だな」

「ああ、おそらくね。池上泰範は実兄の悠の悪事を暴《あば》こうとした人間や不利な証言をした連中に報復したかったんだろう。あるいは、東京拘置所にいる実兄から、そうすることを頼まれたのかもしれないな。弟のほうも捜査の手が自分に伸びてくることを恐れて、積極的に一連の事件に関わったんだろう」

「そうなんだろうな。問題は牙が一村なのか、池上泰範なのかってことだ。池上は五十二だし、ゲルベゾルテを喫《す》ってるかどうかわからねえ」

「ゲルベゾルテの件や声の感じから考えると、牙は一村昌司のように思えるんだが、確証といえるものはまだ……」

「そうなんだが、おれは一村が牙のような気がしてならねえんだよ」

「池上兄弟と一村昌司に何か接点は？」

「いろいろ探《さぐ》ってみたんだが、まるで接点はねえんだ」

百面鬼がそう言って、葉煙草《シガリロ》をくわえた。

「池上兄弟と一村が、共通の知人を介して繋がってたとは考えられない？」

「その共通の知人ってのが、池上泰範や一村昌司を操《あやつ》ってるのかもしれねえってことだな？」

「ひょっとしたらね。池上が実兄の利益供与事件の関係者たちを消したがる理由はわかるが、現職の警察官が関与してるとなると、単なる報復殺人じゃないような気がするんだ」

「確かにな。一村が総会屋兄弟に協力しても、それほどメリットはない。多少の銭は稼げるが、それだけだ。出世欲の強い奴が銭だけで、危ない橋を渡るとも思えねえな」

「黒幕が将来の出世を約束してくれたとなると……」

「首謀者は警察関係の偉いさんか」

「百《どう》さんは本庁や警察庁のキャリアたちの弱みを押さえて、さんざん小遣いをせしめてきたよな？」

「うん、まあ」

「百《どう》さんにたかられた偉いさんたちが結束して、仕返しを企《たくら》んだのか。いや、そうじゃなさそうだな。そうだったとしたら、一連の利益供与事件の関係者をわざわざ何人も殺す必要はないからね」

「そうだな」

「池上や一村のバックにいる人物も、不当な手段を使って株で儲《もう》けてたにちがいない。そのことが露見《ろけん》すると危《ヤバ》いんで、池上兄弟の復讐心《ふくしゆう》を煽《あお》ったんじゃないだろうか。池上泰範は自分が殺人指令を出してることをごまかしたくて、大物総会屋の神保数馬に罪をなすりつけようと偽装工作をした……」

「一村は一村で、おれのことを苦々しく思ってたんで、顔や体つきのよく似てる椿を使って、こっちを殺人犯に仕立てようとしたってわけか」

「そう考えると、辻褄《つじつま》が合うんだよ」

見城はロングピースに火を点《つ》けた。

「警察関係者以外で一村の出世の保証ができる人間となったら、超大物の政治家ぐらいだろうな。それも、元警察庁長官の国会議員とか法務大臣といった連中に限られる」

「そうだろうね。超大物政治家たちも企業からの献金が年ごとに減って、政治活動費の捻《ねん》出《しゅつ》に頭を抱えてる。株で活動費を膨《ふく》らませたいと考えても少しも不思議じゃない」

「ああ。けど、景気がずっと低迷してるから、株で大儲けはできなかった。かえって、損失を出すことが多かったんじゃねえか。で、超大物は証券会社に損失補塡《ほてん》をさせてたんじゃねえのかな」

「考えられるね。そのときに池上兄弟を使ったのかもしれない。まさか超大物政治家が自分の秘書に、証券会社を脅してこいとは言えないからな」

「それはそうだ」

「いや、待てよ。それだと、超大物政治家と総会屋の黒い関係が証券業界に知れ渡ることになるな。野望家の政治家が、そんなヘマをやるわけない」

「首謀者は池上悠をダミーにして、株の購入資金を無担保で大手都市銀行から引き出し、損失の穴埋めもさせてたんだろう」

「そうなのかもしれないぜ」

「考えられるな、そいつは。政治家どもは、どいつも狡《ずる》くて保身本能が強《つえ》えからな。大物になればなるほど、いったん握った権力や利権を手放したくねえという気持ちが強《つえ》えようだ。連中は国家や国民がどうとか言ってても、本質的にはどいつも強欲《ごうよく》なハイエナばかりだからな」

百面鬼が吐き捨てるように言って、火の点いた葉煙草《シガリロ》を爪で遠くに弾《はじ》き飛ばした。見城は、思わず笑ってしまった。

「なんでえ、何がおかしいんだよ」

「ハイエナの百《どう》さんが連中を非難できるの？」

「おれのやってることなんて、実にかわいいもんよ。見城ちゃんの喰《く》い残しをきわめて控えめに頂戴《ちょうだい》してるだけだからな」

「どこが控えめなんだよ。いつもおれに獲物《えもの》捜しをさせて、自分は牙《きば》も立てようとしないじゃないか。それで、分け前はごっそりと……」

「一応、おれは現職だからな。派手に法を破るわけにはいかねえじゃねえか」

百面鬼が澄ました顔で言った。見城は呆《あき》れて二の句がつげなかった。

「そっちにも、一応、こいつを渡しておこう」

百面鬼がコートのポケットから、小さな茶封筒を取り出した。

見城は中身を検《あらた》めた。二葉《にょう》のカラー写真が入っていた。

「池上泰範と一村昌司だよ。それぞれのオフィスと自宅の住所は、写真の裏にメモっといた。おれは、これから一村に張りつく。見城ちゃんは池上をマークしてくれねえか」

「ああ、わかった」

「一村をどっかで押さえて、とことん痛めつけてやる」

百面鬼が唸るように言った。

「その後、牙から連絡は？」

「桃源台にいるときに東京地検の香取直樹を殺《や》れって電話があったきり、何も言ってこねえな。いまごろ敵は、おれの親父とおふくろが姿をくらましたんで、焦《あせ》ってやがるだろう」

「佐竹久乃さんが身を隠してる四谷のホテルは、まだ嗅《か》ぎつけられてないだろうな」

「それは心配ねえよ。そうだ、香取検事のこともちょっと調べたんだ。香取は三十八歳で、特捜部の期待の星だってよ。それでさ、池上悠の一連の利益供与事件を担当してるらしいぜ」

「その香取検事を百《どう》さんに始末させようとしたってことは、やっぱり、さっきの推測通りなんだろう」

見城は言って、脚《あし》を組んだ。

そのとき、百面鬼の上着の内ポケットで携帯電話が鳴りだした。悪党刑事がうっとうしそうな顔で、携帯電話を耳に当てた。

見城は百面鬼の横顔を何気なく見た。表情が硬い。牙からの電話だろうか。

「てめえは、いつもドイツ煙草を喫《す》ってるよな。もう正体はわかってるぜ」

「…………」

「はったりなんかじゃねえ。なら、てめえの名前を言ってやらあ。人事一課監察の一村昌司係長だろうが！」

「…………」

「空とぼけるつもりなら、もっと上手に芝居しろや。狼狽《ろうばい》ぶりが、もろに伝わってきたぜ」

「…………」

「誰が人参《にんじん》ぶら下げて、てめえを走らせやがったんでえ。二代前の警察庁長官で、いまは国会議員の石飛栄一《いしとびえいいち》かい？」

「…………」

「ま、いいさ。で、なんの用なんでえ？」

「…………」

「香取検事を殺《や》る前に、住吉《すみよし》銀行と第三勧業《だいさんかんぎょう》銀行の本店に時限爆弾装置を仕掛けろだって!?　けっ、冗談じゃねえや」

「…………」

「上等だ。本堂でもどこでも爆破してみやがれ」

「…………」

「ああ、どっちもやる気はねえな。木原の死体のそばに、おれが倒れてる姿が映ってるビデオのマスターテープを所轄署に郵送するだと？　好きなようにしやがれ」

「…………」

「逮捕《パク》られるのはおれじゃなく、てめえのほうだろうが。一村、もう観念しろ！」

「…………」

「この野郎、まだシラを切りやがって。おれの友達《ダチ》が神保数馬の別荘とやらで、目隠し越しにてめえの面《つら》をはっきり見てるんだよ」

百面鬼が鎌《かま》をかけた。相手の声は、当然ながら、見城の耳には聞こえない。

「鎌をかけたわけじゃねえや。おれは事実を言ったまでだ」

「…………」

「てめえが池上泰範と手を組んでることまで、こっちは摑んでるんだっ」

「…………」

「そんな名の男とは会ったこともないだと？　東京拘置所にいる薄汚《うすぎたね》え総会屋の池上悠の弟だよ」

「…………」

「ばっくれやがって。てめえが手錠《ワッパ》打たれるのは、もう時間の問題だぜ」

「…………」

「おっ、いまのは警察無線のコールじゃねえか。てめえ、無線のスイッチを切り忘れてやがったんだな。とんまな野郎だ。一村、これで一巻の終わりだな」

「…………」

「くそっ、電話を切りやがった」

百面鬼が舌打ちして、通話終了ボタンを押した。

「電話の遣り取りは、おおよそ見当がついたよ。牙は監察係長の一村昌司だったんだね？」

「もはや疑いの余地はねえよ。奴は自分は一村なんて男じゃないと強く否定したが、ひどくうろたえてやがった。野郎は警察車輛の中から電話をしてきたんだよ、てっきり無線のスイッチを切ったと思い込んでな」

「天網恢々《てんもうかいかい》、疎《そ》にして漏《も》らさずか」

見城は言葉に節《ふし》をつけて呟《つぶや》いた。

「なんだい、そりゃ⁉」

「百《どう》さん、しっかりしてくれよ。どんな小さな悪事でも天罰を免《まぬが》れることはできないって譬《たと》えじゃないか。確か『老子《ろうし》』に出てる語だよ」

「へえ。そっちは教養あるなあ」

「この程度の知識は、いわば一般常識だよ」

「おれ、大学は裏口入学だったたし、めったに本も読まなかったからな。その代わり、エロ本集めは熱心だったけどな」

「百《どう》さん、冗談言ってる場合《フケ》じゃないと思うよ」

「そうだな。一村が逃げる前に取っ捕《つか》まえねえとな。見城ちゃん、池上泰範のほうを頼まあ」

百面鬼が言って、すっくと立ち上がった。

見城も即座に腰を上げた。二人は肩を並べて公園の出入口に向かった。

百面鬼の覆面パトカーは出入口の近くに駐《と》めてあった。そのかたわらに、新宿署の広瀬と水谷が立っていた。どちらも険《けわ》しい顔つきだった。

「なんでえ、おめえら？」

「百面鬼警部補、トランクの中をちょっと見せてもらえませんか？」

瘦身《そうしん》の広瀬が言った。

「なんだって、トランクの中なんか検《しら》べてえんだ。押収品をネコババしてるとでも思ってんのかっ」

「とにかく、見せてください」

「納得できる理由がなけりゃ、トランクリッドは開けられねえな」

百面鬼が首を横に振りながら、きっぱりと言った。一拍置いて、ずんぐりとした体型の水谷刑事が口を開いた。

「署に寄せられた情報が事実かどうか確認したいんですよ」

「どんな情報が寄せられたんだ？」

「それは、ちょっと……」

「消えな、二人とも。目障《めざわ》りだ」

「言いましょう。警部補が透明なビニール袋に入れた男の生首を持ち歩いてるところを見たという情報が電話で寄せられたんですよ」

「男の生首だと!?　そんなもんが入ってるわけねえだろうが。いたずら電話に惑《まど》わされるばかがどこにいるっ」

「いたずら電話かもしれませんが、念のためにチェックしたいんですよ。開けてもらえますね」

「わかったよ、ばかどもが！」

百面鬼が上着のポケットからキーホルダーを抓《つま》み出し、車道に降りた。広瀬と水谷がクラウンに近づいた。見城はガードレールの際《きわ》に立ったままだった。

百面鬼がトランクリッドを開けた。ほとんど同時に、広瀬と水谷が声を放って後ずさった。百面鬼も口の中で呻いた。

見城は車道に出て、車のトランクの中を見た。

透明なビニール袋の中には、血みどろの男の生首が入っていた。三十八、九歳だろうか。ビニール袋の底には、夥《おびただ》しい量の鮮血が溜まっている。

「東京地検の香取検事だ」

百面鬼が低い声で言った。広瀬が百面鬼の前に回る。

「やっぱり、偽情報《ガセネタ》じゃなかったな。百面鬼警部補、署まで一緒に戻ってください」

「おれが殺《や》ったと思ってるのか⁉　冗談じゃねえ」

「そのあたりの事情をうかがいたいんですよ」

「こいつは罠《わな》だ。誰かが、また、このおれを殺人者に仕立てようとしたんだっ」

百面鬼が苛立《いらだ》たしげに吼《ほ》えた。

「誰かって、誰なんです？」

「そんなこと知るかっ」

「とにかく、署で事情聴取させてもらいます」

広瀬が言って、百面鬼の片腕をむんずと摑んだ。

百面鬼は広瀬の手を振り払い、右腕を翻《ひるがえ》した。フックは広瀬の頰《ほお》を捉《とら》えた。広瀬が大きく身を反らせた。すると、水谷が百面鬼の腰に組みついた。

百面鬼は腰を捻《ひね》って、水谷を車道に振り落とした。それから、水谷の腹部を蹴り上げた。

「こ、公務執行妨害だ」

広瀬が刑事用の特殊警棒を突き出した。

百面鬼は警棒を摑んで引き寄せ、広瀬に足払いをかけた。広瀬は横倒しに転がった。

「それ以上抵抗したら、これを使うぞ」

起き上がった水谷が小型リボルバーを両手保持で構え、大声を張り上げた。

その声に驚いた通行人が次々に立ち止まった。車もスピードを落とした。

「テレビの刑事ドラマじゃねえんだ。そんな物、早くしまえ」

「もう暴《あば》れないな」

「署までつき合ってやらあ」

百面鬼がトランクリッドを荒っぽく閉めた。

水谷が拳銃をホルスターに戻した。広瀬も特殊警棒をしまった。

「後のことは頼まあ」

百面鬼が見城の耳許で言い、覆面パトカーに乗り込んだ。

見城は百面鬼の背を軽く叩《たた》き、自分の車に向かって歩きだした。

3

山手通りに出た。

見城は池上泰範を追い込むのに、美人スリの樋口智香の手を借りる気になっていた。智香が板橋区大山町の自宅マンションにいることを祈りながら、ステアリングを操《あやつ》りつづけた。

上落合《かみおちあい》二丁目交差点を左折し、早稲田通りに入る。見城はカーラジオのスイッチを入れ、幾度か選局ボタンを押した。

あいにくニュースを流している局はなかった。五分ほど軽音楽を聴《き》いていると、ニュースの時間になった。国際関係のニュースが報じられた後、国内の事件速報が流れた。

「きょうの午後四時過ぎ、東京・練馬区東大泉の知恩寺の境内に男性の首なし死体が遺棄《いき》されているのを近所に住む主婦が発見しました」

女性アナウンサーが少し間《ま》を取った。見城は音量を高めた。

「警察の調べで、被害者は東京地検特捜部の香取直樹検事、三十八歳とわかりました。香取検事は新宿署の刑事と名乗る男に電話で遺棄《いき》現場に呼び出され、殺害された模様です。知恩寺の住職の長男が新宿署に勤務していることから、その男性から事情聴取をする方針を固めました。なお、殺された香取検事は昨秋から逮捕者が続出している証券会社や銀行などを巻き込んだ一連の総会屋への利益供与事件の捜査に当たっていました。そのほか詳しいことは、まだわかっていません」

アナウンサーが言葉を切って、結婚詐欺《さぎ》事件を伝えはじめた。

それから間もなく、携帯電話に着信があった。見城はラジオの電源スイッチを切った。

「おれっす」

　発信者は松丸だった。

「きのうはお疲れさん！　パジェロが無傷でよかったな」

「ええ、それはね。実は少し前に、車のラジオでニュースを聴いてたら、百《どう》さんの実家の知恩寺の境内で、男の首なし死体が発見されたと……」

「また、敵が百《どう》さんに殺人《コロシ》の濡衣《ぬれぎぬ》を着せようとしたようなんだよ」

　見城はそう前置きして、百面鬼の覆面パトカーのトランクルームに香取検事の生首が入っていたことを語った。さらに、牙の正体が一村昌司らしいことや自分の推測も喋《しゃべ》った。

「本庁警務部人事一課監察の一村係長が一連の殺人事件に関与してたなんて、世も末っすね。警察官たちの不正や犯罪をチェックする側の人間が、自らとんでもないことをやってたわけっすから」

「ほんとだな」

「百《どう》さんは、また職場に泊まらされることになりそうっすね」

「おそらく四十八時間は、拘束されることになるだろう」

「見城さんだけで、一村や池上泰範を追い込むのは大変でしょ？　おれ、何か手伝うっすよ。といっても、立ち回りはちょっと自信ないっすけど」

「無理するなよ。松ちゃんは、別に分け前を貰《もら》ってるわけじゃないんだから」

「強請《ゆすり》に加担《かたん》する気はないっすけど、救いようのない悪党どもはとことん懲《こ》らしめてやりたいんすよ。そんな奴らがいい思いばかりしてるのは、断じて赦《ゆる》せないっすからね」

「松ちゃんの心意気は頼もしいが、ちょっといい手を思いついたんだよ。だから、おれひとりで何とかなるだろう」

「そうっすか。おれにできることがあったら、いつでも遠慮なく声をかけてください」

「ありがとう」

「それじゃ、健闘を祈ります」

松丸が先に電話を切った。

見城は少しずつＢＭＷを加速させはじめた。目的のマンションに着いたのは五時半ごろだった。

見城は路上にＢＭＷを駐《と》め、『大山コーポラス』の三〇三号室を見上げた。電灯が点いている。静かに車を降りる。

見城はマンションの三階に上がった。

智香の部屋のインターフォンを押すと、いきなり玄関のドアが開けられた。現われたのは智香だった。

「わーっ、嬉《うれ》しい！　会いに来てくれたのね？」

「ああ。極友会浜尾組の誰かが厭《いや》がらせに来た？」

「ううん。殺された中町は組の者には、わたしのことは何も話してなかったんだと思うわ」

「そうみたいだな。実は、きみに頼みたいことがあって来たんだよ」

「とにかく、中に入って。話は部屋で聞くわ」

「それじゃ、お邪魔させてもらおう」

見城は玄関に入り、靴を脱いだ。

智香が茶色のボアスリッパを揃《そろ》えた。見城はスリッパを履《は》き、智香の後につづいた。美人スリは、モスグリーンのニットドレスに身を包んでいた。

見城はリビングのソファに腰かけた。

「いま、コーヒーを淹《い》れるわ。それとも、アルコールのほうがいい？　ビールもウイスキーもあるけど」

「何もいらないよ。おれの頼みを聞いてほしいんだ」

「どんな頼みなの？」

智香が向かい合う位置に坐って、バージニア・スリムライトをくわえた。真紅のマニキユアが妙になまめかしい。

「こいつの運転免許証か、住所録の類《たぐい》を掏《す》ってもらいたいんだ」

見城は焦茶《こげちゃ》のスエードジャケットの内ポケットから池上泰範の写真を取り出し、智香に渡した。

「何者なの、この男？」

「大物総会屋の実弟で、『オリエント・エンタープライズ』という不動産会社の社長だよ。オフィスは赤坂にあるんだ」

「一癖《ひとくせ》も二癖《ふたくせ》もありそうな顔してるわね。だいぶ悪いことしてるんじゃない？」

「その通りだよ。詳しいことは言えないが、大悪党なんだ。きみを池上のオフィスの前まで連れていくから、奴が現われたら、うまく接近してポケットに入ってる物を抜き取ってほしいんだよ。それからのことは現場で指示する」

「失敗《ドジ》踏んだら、ちょっと危《ヤバ》そうね。実兄が大物総会屋なら、当然、こっちとも繋がりがあるはずだから」

智香が人差し指で、自分の頰を斜《なな》めに撫《な》でた。

「ヤー公がきみを追い回すようだったら、必ず何とかするよ。それから、謝礼も弾《はず》む。希望額を言ってくれ」

「お金じゃ、ちょっと……」

「何が望みなんだ？　はっきり言ってくれ」

見城は急《せ》かした。

「あなたを貰《もら》いたいの」

「おれを？　つまり、きみとセックスしろってことか」

「ええ、そう。どうかしら？」

「おやすいご用だ。頼んだ仕事をこなしてくれたら、ホテルに行こう」

「ううん、それは駄目。報酬は先払いが条件よ」

智香がそう言い、艶然《えんぜん》と笑った。

見城は黙って立ち上がり、智香の腕を取った。腰を上げた智香が爪先《つまさき》立って、キスをせがんだ。見城は背をこごめ、唇を合わせた。

二人は短くバードキスを交わしてから、舌を絡《から》めた。見城は智香の体の線を両手で優しくなぞりながら、彼女の舌の裏や上顎《うわあご》の肉も軽くくすぐる。歯茎《はぐき》も舌の先で、ちろちろと舐《な》めた。いずれも、れっきとした性感帯である。智香は喘《あえ》ぎ、切なげに呻いた。

見城は顔をずらし、智香の耳許で囁《ささや》いた。

「後は、ベッドで……」

「ええ。こないだのフィンガーテクニックも抜群だったけど、キスも上手ね。蕩《とろ》けそうなキスだったわ」

智香が見城の手を取り、寝室に導《みちび》いた。

二人はベッドの横で唇を吸い合いながら、互いの衣服を脱がせ合った。智香は、男を裸にすることに馴《な》れているようだった。

ほどなく二人はベッドに入った。

見城はあらゆるテクニックを駆使して、ひたすら奉仕した。ことに口唇愛撫に時間をかけた。

二人は頃合いを計って、体を繋いだ。

智香はたてつづけに三度もエクスタシーに達した。ワンテンポ遅れで、見城も放った。

智香の体は、まるで吸盤だった。見城の体を貪婪《どんらん》に吸いつけて離れない。

長い余韻《よいん》を全身で汲《く》み取ると、智香が気《け》だるげに言った。

「深く感じすぎて、立てそうもないわ。仕事、明日じゃ駄目？」

「今夜中に決着をつけたいことがあるんだ。少し休んで熱めのシャワーを浴びれば、しゃきっとするさ」

「そうかな」

「先にシャワーを使わせてもらうぞ」

　見城は結合を解《と》き、ベッドを降りた。裸のままで寝室を出て、浴室に向かう。

　脱衣室で体を拭《ぬぐ》っていると、智香がやってきた。髪の毛は乱れ、いくらか足取りが心《こころ》許《もと》ない。見城は笑顔で声をかけた。

「大丈夫か？　少しサービスしすぎたかな」

「女殺し！」

　智香がペニスを軽く握り、浴室に入った。

　見城は寝室に戻って、衣服をまとった。居間のソファで十分ほど待つと、智香が浴室から姿を見せた。気のせいか、しゃんとしているように映った。

「さっと化粧をして、外出用のスーツを着てくるわね」

　智香がそう言い、寝室に走り入った。

　二人が部屋を出たのは七時少し前だ。その前に見城は電話で、池上が自分の会社にいることを確認済みだった。大手都市銀行の行員を装《よそお》い、社長が社内にいることを確かめたのだ。

　見城はＢＭＷの助手席に智香を乗せ、赤坂に向かった。

　四十分弱で、『オリエント・エンタープライズ』に着いた。八階建ての自社ビルだった。一階の半分は、駐車スペースになっていた。

見城は池上の会社の近くに車を停めた。路上駐車だ。

すぐに智香が外に出て、通行人の振りをしてビルの前を往復しはじめた。三十分が過ぎても、池上は現われない。

見城は前髪を額《ひたい》に垂らし、車を降りた。池上の会社のビルにさりげなく近づき、駐車場を見た。奥に、銀灰色のロールスロイスがあった。多分、池上の車だろう。

智香が自然な足取りで近づいてきた。

「なかなか出てこないわね」

「もう少し辛抱《しんぼう》してくれよ。おそらく池上は、ロールスロイスで会社に通ってるんだろう。駐車場から奴の車が出てきたら、きみは前を横切って、わざと倒れてくれないか。しばらく立ち上がらなければ、池上は車から降りてくるだろう」

「そのとき、仕事をすればいいのね？」

「ああ、そうだ。うまくやってくれよな」

見城は智香に言って、ふたたび車の中に戻った。

マークしたビルからロールスロイスが頭を出したのは、九時五十分ごろだった。首尾《しゆび》よく、智香は近くにいた。

彼女は指示した通りに、車道に出ようとしているロールスロイスの前を駆け足で横切った。池上泰範が急ブレーキをかけた。

智香が悲鳴をあげて、歩道に倒れた。そのまま起き上がらない。

池上がロールスロイスを降り、智香を抱き起こした。

智香が頭を下げ、池上から遠ざかっていった。池上は自分の車に戻り、じきに走り去った。

少し経ってから、智香がBMWの助手席に乗り込んできた。

「運転免許証と手帳を盗《ギ》ったわ。分厚い札入れも上着のポケットに入ってたんだけど、それには手をつけなかった」

「よくやってくれたな。サンキュー！」

見城は運転免許証と黒革《くろかわ》の手帳を受け取り、ルームランプを灯《とも》した。

手帳を繰《く》ると、住所録の最後のページに電話番号だけが二行記《しる》してあった。最初に書かれているのは携帯電話のナンバーだった。

見城は、その番号を押した。ツーコールで通話可能状態になった。

「はい」

中年男の声が低く応答した。

「…………」

「一村です。池上さん？」

「すみません、間違えました」

見城は作り声で詫《わ》び、すぐに終了ボタンを押した。これで、一村昌司と池上泰範の接点が明らかになった。

二行目のテレフォンナンバーは固定電話だった。都内のナンバーだ。

見城はタッチコール・ボタンを八度押した。ややあって、三十代らしい男の声が響いてきた。

「高須照仁事務所でございます」

「わたくし、『オリエント・エンタープライズ』の者です。うちの社長が、そちらにお邪魔していませんでしょうか？」

「いいえ。きょうは池上社長は見えてませんよ。きのうの晩、高須先生と紀尾井町《きおいちょう》の料亭で会ったばかりじゃありませんか」

「ええ、そうでした。うっかりスケジュール表の日付を見間違えていました。今夜は、別の方と会食することになっていました。どうも失礼しました」

見城は謝《あやま》って、終了ボタンを押した。

高須照仁は民自党《みんじ》のベテラン議員で、現職の法務大臣だ。六十一歳の高須はキャリアで、五十二歳から三年間、警察庁長官を務めた。その後、政界に進出し、二度も閣僚を経験している。

しかし、民自党の最大派閥には属していない。第三派閥の番頭格だった。高須議員が一連の事件の黒幕だとしたら、派閥拡大のための裏金が欲しかったのだろう。

「何か役に立ちそう？」

「ああ、とってもね。お礼に何かうまいものを奢《おご》るよ」

「嬉《うれ》しい！」

智香が歓声をあげ、シートベルトを掛けた。

見城は池上の運転免許証と手帳を懐《ふところ》に突っ込み、ルームランプを消した。

4

自動録音装置付きの盗聴器が卓上に置かれた。

文庫本ほどの大きさだ。つい数十分前に松丸が、世田谷区奥沢《おくさわ》にある高須邸から回収してきた物だった。見城の事務所を兼ねた自宅マンションだ。

美人スリに池上泰範の運転免許証と手帳を掏《す》らせたのは一昨日《おととい》だ。その翌朝、見城は松丸に法務大臣の私邸の電話回線に盗聴器を仕掛けさせたのである。

「再生してみてくれないか」

見城は松丸に言った。コーヒーテーブルの向こう側に坐った松丸が神妙にうなずき、再生ボタンを押した。午後二時過ぎだった。

すぐに男同士の会話が流れてきた。

——一村です。先生、少し状況がまずくなってきました。

——どうしたんだね？

——例の香取検事の事件のことで、警察は百面鬼の地検送りを断念するようなんですよ。

——そうか。ま、仕方ないだろう。

——高須先生のお力で、なんとか百面鬼を送検していただけないでしょうか。奴は、百面鬼はわたしが牙であることを見抜きました。奴が釈放されたら……。

——心配ない。きみが困るようなことにはならんよ。

——そうおっしゃられても、わたしはとても不安なんです。先生に言われるままに、池上と協力して、馬場、木原、鳥塚、香取の四人を柊《ひいらぎ》慎治に始末させましたんでね。池袋の中町とかいうチンピラやくざ、手嶋舞弥、西沢の三人は柊が勝手に口を封じたわけですけど。

――びくびくすることはない。わたしは現職の法務大臣なんだ。いざとなったら、すべての司法機関に圧力をかけてやる。きみが火の粉《こ》を被《かぶ》るようなことにはならんさ。

――ですけど、先生。

――きみがそれほど気が小さいとは思わなかったよ。野心家そのものに見えたがね。

――警務部長のポストに就《つ》きたい気持ちは、いまも変わりません。ですが、なんとなく悪い予感がして、落ち着かないんですよ。

――何日か休暇をとって、奥さんと温泉にでも行くんだな。わたしの派閥が党内で勢力を伸ばすことは、もはや確実だよ。こっちに寝返ることを約束してくれた議員が衆参併《あわ》せて、六十七人もいるんだ。そうなれば、最大派閥になる。きみの夢は、必ず近いうちに実現するさ。

――そうなればいいのですが……。

――一村君、気弱になるな。後のことは、わたしがうまくやるよ。じゃあな！

音声が熄《や》んだ。

松丸が停止ボタンを押した。

「よくやってくれたな、松ちゃん。この録音音声があれば、もう高須も一村も逃げられない」

「そうでしょうね」

「あのトマホーク使いの本名は柊慎治だったんだな。百《どう》さんが釈放されたら、警察庁の指紋登録をもう一度チェックしてもらおう」

見城はロングピースに火を点けた。

「別の通話もキャッチしたんすよ」

「高須と池上泰範の遣り取りだな?」

「そうっす」

松丸がマイクロテープを早送りしてから、再生ボタンを押し込んだ。雑音《ノイズ》が何秒かつづき、音声がはっきり響いてきた。

——池上でございます。

——きみ、ここには電話をするなと言ったはずじゃないか。

——それは承知しております。ですが、どうしても先生に直《じか》にお願いしたいことがありまして。

——何なんだ？　用件を早く言いたまえ。

——兄の悠がいっこうに保釈が認められないんで、苛立《いらだ》ちはじめてるんですよ。先生、ちゃんと手を打っていただけたんでしょうね？

——むろん、手は打ってある。しかし、東京地裁の連中は慎重になってるんだろう。マスコミが、あれだけ騒いだからな。

——先生、ずいぶん冷たいおっしゃり方ですね。兄は先生の政治活動資金の三百億円を捻出するため、八年も前から汚れ役を引き受けてきたんじゃありませんか。

——わかっとる、わかっとるよ。そのことでは、きみたち兄弟には感謝してる。悠君が金融機関から株の購入資金を調達してくれて、きみの会社にプールしてくれたからな。きみら兄弟の取り分が一割というのも、ありがたい条件だったよ。

——本気でそう思ってくださっているのでしたら、早く兄の保釈を……。

——それは、必ず近いうちにやらせるよ。それより、ちょっと困ってるんだ。

——百面鬼の友人の見城とかいう探偵が、先生の身辺まで迫ったんですか⁉

——いや、そうじゃない。実は、一村君のことなんだ。彼は百面鬼に正体を見抜かれたことで、ひどく不安がってるんだよ。あの調子では百面鬼に痛めつけられたら、きみたち兄弟のことやわたしのことを喋《しゃべ》ってしまうだろう。

――先生、それはまずいですよ。何とかしなければ、大変なことになります。

――柊には、いつでも連絡がつくんだろう？

――はい。彼に、一村を片づけさせましょうか？

――そのへんの判断は、きみに任せよう。

――先生は賢いお方ですね。馬場と木原が総会屋一掃《いっそう》を証券業界や金融筋に呼びかけたときも、賛同者たちを殺せとはっきりおっしゃらなかった。

――そうだったかな。最近、物忘れがひどくなってね。数カ月前のことも、よく憶《おぼ》えてないことがあるんだよ。年は取りたくないもんだ。

――先生にはかないません。一村の件、何とかしましょう。その代わり、一日も早く兄が東京拘置所から出られるよう再度手を回していただけますね？

――わかった、善処《ぜんしょ》しよう。

二人の密談が途絶えた。

「この音声をダビングして、高須に送りつけよう」

見城は、ほくそ笑《え》んだ。

松丸がにっこり笑って、停止ボタンを押した。そのとき、スチールデスクの上の親機が鳴った。見城はソファから立ち上がり、受話器を掴み上げた。

「おれだよ。いま、新宿署ホテルを出たところなんだ」

百面鬼が言った。

「ようやく釈放《パイ》になったんだね」

「そう。不当逮捕もいいところだ。飲み屋のツケを払ってねえとか言いやがって、なかなか留置場《トリカゴ》から出そうとしなかったんだ。頭にくるぜ」

「百《どう》さん、首謀者は法務大臣の高須照仁だったよ」

見城は手短に経緯《いきさつ》を話した。

「その盗聴音声で、たっぷり銭を寄せられるな。椿って偽名を使ってた柊慎治の指紋照会をしてみらあ。これから、見城ちゃんの部屋に行くよ」

「松ちゃんが来てるんだ」

「そうかい。松に礼を言わねえとな。それじゃ、後で！」

百面鬼が電話を切った。

見城は受話器を置き、ダイニングキッチンに足を向けた。コーヒーメーカーで五杯分のコーヒーを沸《わ》かす。見城は松丸とコーヒーを飲みながら、三十分ほど雑談を交わした。

ちょうど会話が中断したとき、百面鬼が勝手に部屋に入ってきた。顔半分、無精髭《ぶしょうひげ》で覆われていた。頭髪もいくらか伸び、頭全体に砂を振りかけたような感じだった。

「ありがとよ。こいつは礼だ。とっときな」

百面鬼がそう言い、松丸にセブンスターをワンカートン渡した。

「珍しいことがあるもんすね。まさか毒入り煙草じゃないっすよね？」

「てめえを殺《や》っても、銭にならねえよ」

「それもそうっすね」

松丸が微苦笑した。百面鬼が軽く松丸の頭をはたき、見城の正面のソファに腰を下ろした。

「柊の指紋照会の結果は？」

見城は百面鬼に問いかけた。

「おっと、言い忘れてた。柊は元防衛大の体育教官だったよ。六年前にアフリカに渡って、四年ほど傭兵《ようへい》暮らしをしてたみてえだな」

「なるほど、それで手製の人喰い牙《フンガ・ムンガ》を武器にするようになったわけか」

「そうなんじゃねえか。で、いまは殺し屋をやってやがるんだろう。それからな、一村がついさっき死体で発見されたってさ。警察無線で聞いた話だから、間違いねえだろう」

「死体の発見場所は？」

「日比谷公園の公衆便所の中だってよ。一村はインディアン・トマホークで、頭《ペテン》を一撃されてたって話だったぜ」

「柊の犯行《ヤマ》だな」

「そうだと思うよ。おれが一村を事故に見せかけて葬《ほうむ》るつもりだったんだが、先に仲間割れしやがって」

百面鬼が忌々《いまいま》しげに言い、葉煙草《シガリロ》をくわえた。

見城は目顔で松丸を促《うなが》した。松丸が心得顔で、巻き戻したマイクロテープを回転させはじめた。

エピローグ

風が強い。

くわえた煙草《たばこ》から、灰と火の粉《こ》が散った。見城は、舘山寺《かんざんじ》温泉の対岸にある大草山《おおくさやま》の展望台に立っていた。眼下に横たわった浜名湖《はまなこ》は朝陽《あさひ》にきらめいている。

午前九時を十分ほど回ったばかりだ。さすがに行楽客の姿はない。

高須照仁と池上泰範に盗聴音声の複製をそれぞれ送り届けたのは三日前だった。

次の日、見城は二人に電話をかけ、密談音声の買い取りを要求した。要求額は高須が三十億円、池上が三億円だった。

二人は即座に取引に応じたいと言ったが、その日のうちに上海《シャンハイ》マフィア崩れの刺客を差し向けてきた。見城と百面鬼は予《あらかじ》め奇襲されることを読んでいた。

二人は中国人の刺客をぶちのめし、両腕をへし折った。そして昨夕、見城たちは高須の若い愛人を人質に取った。二十七歳の元テレビキャスターだ。

愛人を監禁していることを告げると、ようやく高須は観念して裏取引に応じる気になった。池上も高須に説得され、口止め料を払う気持ちになったようだ。

高須たちは、標高百十三メートルの大草山の展望台を取引場所に指定した。約束の時間は午前九時半だった。見城は短くなったロングピースの火を踏み消し、さりげなく展望台裏の雑木林の中に入った。

百面鬼が人質の野崎頼子《のざきよりこ》のヒップを撫《な》で回していた。

頼子は前手錠を打たれていた。ベージュのウールコートの下には、何もまとっていない。逃亡を防ぐため、裸にしたのだ。

首には、ダイナマイトが掛かっている。導火線は十センチそこそこだ。

「あなたたち、絶対に捕まるわよ」

頼子が見城たち二人を等分に見た。

「おれたちが逮捕《パク》られたら、あんたのパトロンもおしまいだ。高須の世話になってたことが世間に知られりゃ、元ニュースキャスターもスキャンダルの主になる」

百面鬼がそう言い、また頼子のヒップをコートの上から揉《も》んだ。頼子が露骨に顔をしかめて、身を捩《よじ》る。

「感じたのかい？」

「ふざけないでよっ」

「あんたみたいなインテリ女が、なんだって高須の愛人になんかなったんでえ？　いずれ、政界に進出する気だったのか。どうなんだ？」

「そんなこと、どうだっていいでしょ！」

「うへえ、おっかねえ」

百面鬼が大仰に首を竦《すく》めた。

「敵の影は？」

見城は百面鬼に訊《き》いた。

「そう」

「この山の中腹まで下《くだ》ってみたけど、気になる人影は目に留《と》まらなかったな」

「けど、柊がどこかに潜《ひそ》んでると考えたほうがいいだろう」

「おれも、そう思ってるよ」

「ま、うまくやろうや」

百面鬼が見城の肩を叩《たた》き、いきなり頼子のコートの裾《すそ》を捲《まく》り上げた。頼子が悲鳴をあげ、しゃがみ込んだ。

「好きだな、百《どう》さんも」

「見城ちゃんほどじゃねえけどな」

「いつものパターンか」

見城は自嘲《じちょう》して、展望台に戻った。

舘山寺遠鉄《えんてつ》ロープウェイの上《のぼ》りゴンドラが、ゆっくりと上昇してくる。見城は双眼鏡を両眼に当てた。ゴンドラの乗客は、高須と池上の二人だけだった。どちらも背広の上にオーバーコートを羽織《はお》っていた。

見城はロープウェイの山頂駅まで歩いた。百メートルもなかった。

山頂駅の陰に隠れ、ゴンドラの到着を待つ。

ほどなくゴンドラが着いた。高須と池上が降りた。ゴンドラの中には、誰も潜《ひそ》んでいなかった。高須たちは展望台に向かった。

見城は抜き足で二人の後を追った。展望台に出ると、高須と池上はあたりを忙《せわ》しく見回した。

「ここだよ」

見城は声を発した。

二人が同時に振り向いた。半白の髪をヘアトニックで撫《な》でつけた高須が、開口一番に訊いた。

「頼子は無事なんだろうな？」

「心配するな。指一本触《ふ》れてない。二人とも、預金小切手を用意してきたな」

「ああ、持ってきた。先にマスターテープを渡してくれ」

「小切手が先だ」

見城は右手を差し出した。

そのとき、池上がコートのポケットから消音器を装着した自動拳銃《けんじゅう》を摑《つか》み出した。グロック17だった。オーストリア製の高性能拳銃だ。アメリカの市警察のＳＷＡＴ《スワット》（特殊部隊）の多くが、この拳銃を援護用に採用している。

「マスターテープを出せ！」

池上が金壺眼《かなつぼまなこ》を攣《つ》り上げた。

「まだ懲《こ》りないらしいな」

「いいから、テープを渡すんだっ」

「そう急《せ》くなって」

見城はせせら笑って、高く指笛を鳴らした。

「な、なんなんだ!?」

高須がうろたえ、左右を見た。グロック17を構えた池上も、にわかに落ち着きを失った。

数分後、頼子の片腕を捉《とら》えた百面鬼が現われた。頼子の側頭部にはニューナンブM60の銃口が押し当てられている。

「頼子さん、逃げてください」

池上が百面鬼に銃口を向けた。

見城は踏み込んで、池上の右手首を摑んだ。同時に、顔面に縦拳《たてけん》を叩き込む。池上が大きくのけ反《ぞ》った。見城はグロック17を奪い取った。

「預金小切手はやる、やるよ」

高須が震え声で言い、懐《ふところ》を探《さぐ》った。

見城は預金小切手を受け取った。額面は三十億円だ。見城は池上を拳銃で威嚇《いかく》しながら、上着の内ポケットから三億円の預金小切手を抜き取った。

二枚の小切手をレザーコートのポケットに入れたとき、上空から人喰い牙《フンガ・ムンガ》が飛んできた。

見城は右腕に熱い痛みを覚えた。レザーコートの二の腕のあたりが、ぱっくりと裂けていた。思わず見城は、消音器付きの自動拳銃を落としてしまった。

弾《はず》みで、一発暴発した。発射音は、くしゃみよりも小さかった。

池上が拳銃を拾う素振りを見せた。見城は池上の喉《のど》を蹴《け》りつけ、先にグロック17を摑み上げた。

そのとき、また奇妙な形をしたナイフが耳の近くを掠《かす》めた。

見城は頭上を仰《あお》いだ。ハンググライダーを片手で器用に操《あやつ》りながら、柊が三投目のフンガ・ムンガを放とうとしている。

見城は両手保持で、グロック17の引き金《トリガー》を絞った。すぐ手首に反動《キック》が伝わってきた。放った銃弾は、柊の頭に命中した。鮮血と脳漿《のうしょう》が飛び散った。柊の右手から、手投げナイフが落下する。

ハンググライダーは不安定に揺れながら、湖の方に吹き流されはじめた。ハーネスに支《ささ》えられた柊の体は、棒のようにぶら下がっていた。微動だにしない。すでに息絶えているようだ。

やがて、ハンググライダーは湖水に没した。

「まだ射撃の腕は落ちてねえな」

百面鬼が上機嫌に言って、拳銃をホルスターに戻した。それから彼は頼子の手錠を外し、ダイナマイトも取り除いた。

「あなた……」

頼子が高須に駆け寄った。高須が頼子を抱きとめながら、見城に言った。

「マスターテープを渡してくれ」

「いつか渡してやるよ」

「どういう意味なんだ⁉」

「当分、あんたにはおれたちのスポンサーになってもらう。まとまった金が必要になったら、また連絡するよ」

「きさまらこそ、大悪党じゃないかっ」

「そうかもしれないな」

見城はにやついて、池上に顔を向けた。

「あんたには、別の形で償《つぐな》ってもらうぞ」

「何をやらせる気なんだ？」

「追って指示する」

「いま、教えてくれよ」

池上が不安顔で言った。見城は無言で首を横に振った。

「三人とも、お引き取り願おう」

百面鬼が高須たちに言った。三人はうつむき加減《かげん》に、ロープウェイの山頂駅に向かって歩きだした。

見城は百面鬼に歩み寄って、三億円の小切手を差し出した。

「おれの取り分、たったの三億かよ⁉ 見城ちゃん、それはねえだろうがっ。久乃がひでえ目に遭《あ》って、智恩寺の墓まで爆破されたんだぜ。七三《しちさん》でいいよ」

「悪いが、今回は三億で泣いてもらいたいな」

「そんな端金《はしたがね》、いらねえよ」

百面鬼が子供のように拗《す》ねた。

「なら、捨ててしまうか」

「好きなようにしろや」

「わかった」

見城は池上の預金小切手を投げ放った。小切手は風にさらわれ、展望台の隅の方に飛んでいった。

百面鬼がダッシュし、手摺《てすり》の前で辛《かろ》うじて預金小切手をキャッチした。危うく展望台から、真っ逆さまに転落するところだった。

悪運の強い男だ。

見城は口許《くちもと》を緩《ゆる》め、煙草をくわえた。

翌々日の夕方である。

見城は、参宮橋にある里沙のマンションにいた。部屋の主は、浴室でシャワーを浴びている。情事の直後だった。

見城はベッドに腹這《はらば》いになって、遠隔操作器《リモート・コントローラー》を手に取った。腕の刀傷は治りかけている。テレビのスイッチを入れると、画面に東京拘置所が映し出された。

「繰り返し、お伝えします。利益供与事件で拘置されていた総会屋の池上悠容疑者、五十八歳が、さきほど獄中で死亡しました。池上容疑者は実弟が差し入れたカステラを食べた後、急に苦しみだし、十数分後に息を引き取りました。カステラに毒物が混入されていたことから、警察は池上容疑者の実弟に任意同行を求めることになりました」
三十二、三歳の男性放送記者が、抑揚《よくよう》のない声で告げた。
池上泰範が実兄殺しで起訴されることを祈ろう。それにしても、青酸カリの効き目は抜群だ。池上泰範に毒物を注入したカステラを渡したのは二時過ぎだった。そのとき、きょう中にカステラを実兄に差し入れろと命じておいたのだ。

池上は、しきりに訝《いぶか》った。しかし、命令に逆《さか》らう勇気はなかったのだろう。そうしたら、池上は身の破滅だ。実兄の命よりも、自分の保身が大切だったのだろう。

見城はテレビを消し、ベッドを降りた。

裸身で浴室のドアを開けると、泡だらけの里沙が洗い場に立っていた。見城は里沙を抱き寄せ、唇を合わせた。

ぬめった柔肌が心地《ここち》よい。体を揺らしていると、萎《な》えたばかりの分身が少しずつ力を漲《みなぎ》らせはじめた。

見城は舌を情熱的に絡《から》めた。

著者注・この作品はフィクションであり、登場する人物および団体名は、実在するものといっさい関係ありません。

本書は、一九九八年一月に徳間文庫から刊行された作品に、著者が大幅に加筆修正したものです。

一〇〇字書評

悪謀

切・り・取・り・線

購買動機（新聞、雑誌名を記入するか、あるいは○をつけてください）

□（　　　　　　　　　　）の広告を見て	
□（　　　　　　　　　　）の書評を見て	
□ 知人のすすめで	□ タイトルに惹かれて
□ カバーが良かったから	□ 内容が面白そうだから
□ 好きな作家だから	□ 好きな分野の本だから

・最近、最も感銘を受けた作品名をお書き下さい

・あなたのお好きな作家名をお書き下さい

・その他、ご要望がありましたらお書き下さい

住所	〒				
氏名		職業		年齢	
Eメール	※携帯には配信できません	新刊情報等のメール配信を 希望する・しない			

この本の感想を、編集部までお寄せいただけたらありがたく存じます。今後の企画の参考にさせていただきます。Eメールでも結構です。

いただいた「一〇〇字書評」は、新聞・雑誌等に紹介させていただくことがあります。その場合はお礼として特製図書カードを差し上げます。

前ページの原稿用紙に書評をお書きの上、切り取り、左記までお送り下さい。宛先の住所は不要です。

なお、ご記入いただいたお名前、ご住所等は、書評紹介の事前了解、謝礼のお届けのためだけに利用し、そのほかの目的のために利用することはありません。

〒一〇一－八七〇一
祥伝社文庫編集長　坂口芳和
電話　〇三（三二六五）二〇八〇

祥伝社ホームページの「ブックレビュー」からも、書き込めます。

www.shodensha.co.jp/bookreview

祥伝社文庫

悪謀《あくぼう》　強請屋《ゆすりや》稼業《かぎょう》

令和 2 年 7 月 20 日　初版第 1 刷発行

著　者　南《みなみ》　英男《ひでお》

発行者　辻　浩明

発行所　祥伝社《しょうでんしゃ》

東京都千代田区神田神保町 3-3

〒 101-8701

電話　03（3265）2081（販売部）

電話　03（3265）2080（編集部）

電話　03（3265）3622（業務部）

www.shodensha.co.jp

印刷所　堀内印刷

製本所　ナショナル製本

カバーフォーマットデザイン　芥 陽子

Printed in Japan ©2020, Hideo Minami　ISBN978-4-396-34649-2 C0193

祥伝社文庫の好評既刊

南　英男
癒着《ゆちゃく》　遊軍刑事・三上謙
ジャーナリストが刺殺された。特命を受けた三上は、おぞましき癒着《ゆちゃく》の構造に行き着くが……。

南　英男
刑事稼業　包囲網
捜査一課、生活安全課……警視庁の各課の刑事たちが、靴底をすり減らしながら、とことん犯人を追う！

南　英男
警視庁潜行捜査班
シャドー
「監察官殺し」の捜査は迷宮入りの様相……。捜査一課特命捜査対策室の秘密別働隊〝シャドー〟が投入された！

南　英男
刑事稼業　強行逮捕
捜査一課、組対第二課——刑事たちが足を棒にする捜査の先に辿りつく真実とは！　熱血の警察小説集。

南　英男
警視庁潜行捜査班シャドー
抹殺者《まっさつしゃ》
美人検事殺しを告白し、新たな殺しを宣言した〝抹殺屋〟。その狙いと検事殺しの真相は？〝シャドー〟が追う！

南　英男
刑事稼業　弔《とむら》い捜査
組対の矢吹が、捜査一課の加門の目の前で射殺された。加門は事件の真相究明のため、更なる捜査に突き進む。

祥伝社文庫の好評既刊

南　英男
殺し屋刑事《デカ》

悪徳刑事・百面鬼竜一《どうめきりゅういち》の〝一夜の天使〟が拉致された！　非道な暗殺指令を出す、憎き黒幕の正体とは？

南　英男
殺し屋刑事　女刺客

歌舞伎町のヤミ銭を掠《かす》める小悪党《ワル》を追う百面鬼の前に……。悪が悪を喰らいつくす、圧巻の警察アウトロー小説。

南　英男
殺し屋刑事　殺戮《さつりく》者

超巨額の身代金を掠め取れ！　メガバンクを狙った連続誘拐殺人犯に、強請《ゆすり》屋と百面鬼が戦いを挑んだ！

南　英男
悪党《アウトロー》　警視庁組対部分室

暴《マルボウ》内に秘密裏に作られた、殺しの捜査のスペシャル相棒チーム登場！　力《りき》丸《まる》と尾崎《おざき》に、極秘指令が下される。

南　英男
シャッフル

カレー屋店主、OL、元刑事、企業舎弟《フロント》社員が大金を巡る運命の選択を迫られた！　緊迫のクライム・ノベル。

南　英男
闇処刑　警視庁組対部分室

腐敗した政治家や官僚の爆殺が続く。そんななか、捜査一課を出し抜く、無法刑事コンビが掴んだ驚きの真実！

祥伝社文庫の好評既刊

南 英男
疑惑接点

フリージャーナリストの死体が見つかった。事件記者の彼が追っていた幾つもの凶悪事件を繋ぐ奇妙な接点とは？

南 英男
特務捜査

男気溢れる〝一匹狼〟の刑事が迷宮入り直前の凶悪事件に挑む。目撃者のない、テレビ局記者殺しの真相は？

南 英男
新宿署特別強行犯係

警視庁と四谷署の刑事が次々と殺害された。新宿署に秘密裏に設置された強行犯係『潜行捜査隊』に出動指令が！

南 英男
邪悪領域 新宿署特別強行犯係

裏社会に精通した情報屋が惨殺された。耳と唇を切られた死体は、何を語るのか？ 強行犯係が事件の闇を炙り出す。

南 英男
冷酷犯 新宿署特別強行犯係

テレビ局の報道記者が偽装心中で殺された。背後にはロシアンマフィアの影が！ 刈谷たち強行犯係にも危機迫る。

南 英男
遊撃警視

「凶悪犯罪の捜査に携わりたい」準キャリアの警視加納は、総監直接の指令の下、単独の潜行捜査に挑む！

祥伝社文庫の好評既刊

南　英男　甘い毒　遊撃警視

殺害された美人弁護士が調べていた、金持ち老人の連続不審死。やがて、老人に群がる蠱惑的美女が浮かび……。

南　英男　暴露　遊撃警視

美人TV局員の失踪で浮かび上がる炎上ポルノ、暴力、ドラッグ……行方不明と殺しは連鎖化するのか？

南　英男　異常犯　強請屋《ゆすりや》稼業

悪党め！　全員、地獄送りだ！　一匹狼の探偵が怒りとともに立ち上がる！　甘く鮮烈でハードな犯罪サスペンス！

南　英男　奈落　強請屋《ゆすりや》稼業

違法カジノと四十数社の談合疑惑。悪逆非道な奴らからむしり取れ！　一匹狼の探偵が大金の臭いを嗅ぎつけた！

南　英男　挑発　強請屋《ゆすりや》稼業

一匹狼の探偵が食らいつくエステ業界の華やかな闇――美しき女社長は甘くて怖い毒を持つ!?

南　英男　暴虐　強請屋《ゆすりや》稼業

東京湾上の華やかな披露宴で大爆発！　連続テロの影に何が？　一匹狼の探偵が最強最厄の巨大組織に立ち向かう！

〈祥伝社文庫　今月の新刊〉

矢月秀作
壊人《かいじん》　D1警視庁暗殺部
著名な教育評論家の死の背後に、謎の組織が……。全員抹殺せよ！　暗殺部に特命が下る。

江上　剛
庶務行員　多加賀主水《たかがもんど》の憤怒《ふんぬ》の鉄拳
不正な保険契約、ヘイトデモ、中年ひきこもり……最強の雑用係は屈しない！

大倉崇裕
秋霧《しゅうむ》
殺し屋VS.元特殊部隊VS.権力者の私兵。紅く燃える八ヶ岳連峰三つ巴の死闘！

盛田隆二
焼け跡のハイヒール
戦争に翻弄されつつも、鮮やかに輝く青春があった。看護の道を志した少女の恋と一生。

小路幸也
春は始まりのうた　マイ・ディア・ポリスマン
犯罪者が〝判る〟お巡りさん×スゴ技をもつ美少女マンガ家が活躍の交番ミステリー第2弾！

南　英男
悪謀　強請屋稼業《ゆすりや》
殺人凶器は手斧、容疑者は悪徳刑事。一匹狼探偵の相棒が断崖絶壁に追い詰められた！

山田正紀
恍惚病棟《こうこつ》　新装版
死者から電話が⁉　トリックを「知ってから」さらに深みを増す、驚愕の医療ミステリー。

沢里裕二
悪女刑事《デカ》　東京崩壊
新型コロナで静まり返った首都で不穏な事件が続出。スーパー女刑事が日本の危機を救う。

小杉健治
悲恋歌《ひれんか》　風烈廻り与力・青柳剣一郎
心の中にこそ、鬼は巣食う。剣一郎が、花嫁が消えた密室の謎に挑む！　愛され続け、50巻。